厦大附中"校园写作·润泽生命"丛书

杨超艺 著

思考居庸关

海峡出版发行集团 | 海峡文艺出版社

图书在版编目(CIP)数据

思考居庸关/杨超艺著. — 福州:海峡文艺出版社,
2025.3
ISBN 978-7-5550-3976-1

Ⅰ.I267

中国国家版本馆 CIP 数据核字第 20251QL183 号

思考居庸关

杨超艺　著

出 版 人　林　滨
责任编辑　何　莉
出版发行　海峡文艺出版社
社　　址　福州市东水路 76 号 14 层
发 行 部　0591－87536797
印　　刷　福州德安彩色印刷有限公司
厂　　址　福州市金山工业区浦上标准厂房 B 区 42 幢
开　　本　787 毫米×1092 毫米　1/32
字　　数　190 千字
印　　张　7.375
版　　次　2025 年 3 月第 1 版
印　　次　2025 年 3 月第 1 次印刷
书　　号　ISBN 978-7-5550-3976-1
定　　价　56.00 元

如发现印装质量问题,请寄承印厂调换

序

李昱圻

几年前的暑假，我在微信公众号上看到一篇《漳州赋》，得知作者是厦门大学附属实验中学（以下简称厦大附中）的学弟杨超艺，感到又惊又喜。一位初中二年级的学生，居然已积累了颇多古典词汇，具备较好的文言语感，实属不易。况且，完成一篇赋作，需要多大的勇气和多少精力。与邬双老师沟通后，我得以与超艺同学保持联系，时不时能在QQ空间看到他的新作，不胜欣喜。要知道，在当今"内卷"风潮之下，大学诗社已普遍式微，能保持创作热情者寥寥无几，何况旧体诗词写作处于当今文学边缘之边缘。没想到就在母校厦大附中，竟出现了一位灵气与豪气兼具的诗人，由是足以窥见"校园写作，润泽生命"这一校园文化的强大能量。

与同龄人相较，超艺的学养相当深厚。他的《感怀》其二颔联云："云刀雾戟压山气，杜酒商歌咽雨声""云刀雾戟""杜酒商歌"，用词雅驯，"压""咽"二字亦苍劲有力。内力深厚者，则可以看出此联脱胎自陈与义的《观雨》"前江后岭通云气，万壑千林送雨声"。当然，超艺写这首诗时未必着意模仿前人，他很可能早就熟稔陈诗，潜移默化，落笔时也就有古人风神了。再看《感怀》其三：

残阳色老任风磨，夕漏高台映剑歌。波起平帆轻泛少，山斜漫步苦行多。

荆公易水余悲曲，委鬼残宫剩破戈。老去蜉蝣惊怒水，胥涛何处可观河。

一首七律，运用多个典故。"映剑"典出《庄子》"吹剑首者，映而已矣"，颈联分举荆轲、魏忠贤旧事，尾联"蜉蝣""胥涛""观河"均有出处，尤其是"观河"一词，出自内典。一个中学生能对此有所了解并写入诗中，着实令人赞叹。超艺能熟练地运用这些典故，与其阅读经历有关。他自言杜甫、辛派词人和明末诗人给他带来的影响最大，能沉潜咀嚼这些诗家的优秀作品也非易事。《水龙吟·悼辛弃疾》中：

万夫霹雳驰烽火，忆壮岁风流事。游关骋目，龙泉承影，焕然英气。天马南来，江山千里，半残悲瘁。万字平戎策，洋洋洒洒、却谁料、蹉跎意？　空许孙郎壮志。望中原，神州壮丽。青山华发，无人知我，苦情何似？揾泪英雄，常寻飞将，锦襜初骑。纵廉颇可饭，东家种树，尚能何计？

基本上每一句都化用了辛词，整体流畅连贯，并没有破碎拼凑之感，唯有将辛词烂熟于胸，才能运用得如此灵活。

当然，遍读群书、掌握大量典故只是写好诗词的必要前提，一位优秀的诗人还需要天赋。这种天赋很大程度上反映在一个人的审美水平上。以《贺新郎·和辛弃疾词〈贺新郎·老大那堪说〉》一词为例：

把酒斜阳舞。话苍茫、宗爷百万，祖生何路。方饮沉酣今朝罢，君道梁园何处？算事业，为功名误。万里平戎须划策，问东皇，下国怜空癘，冠剑恨，怎分付！人心别有萧萧处。叹六朝，草衰几缕，肃风难住。南域元无真骢马，白发不应哀诉！咒血碧，渐离难舞。一抹《梁州》惊戍梦，起秋凉，羡塞鸿难阻。天补裂，谁和汝！

这首词用了宗泽、祖逖、梁孝王、东皇太一、诸葛亮、谯周、苌弘、高渐离等多个历史、传说人物典故。从文体风格学的角度来说，创作长调词正宜运用大量常见典故。之所以要运用大量典故，是因为词体起源于市井，长调词尤需典故来雅化语言，否则通篇俚俗寡淡，难有美感可言。之所以要运用常见典故，是因为词体最初与音乐关联密切，其正宗风格是纤徐宛转，如果运用僻典，则容易使词作佶屈聱牙、艰涩凝滞。这一"词家三昧"，是杰出诗人们在研讨文学史、揣摩古人名作并经过大量创作实践总结出来的（当然也并非绝对）。作为中学生，超艺应该尚未接触到较深层的古典文学专业知识，但他通过阅读经典词作，敏锐地发现了这一规律，并成功地运用到自己的创作实践当中，这说明他的审美判断力极佳。叶燮在《原诗》中强调诗家应有才、胆、识、力，其中识尤为重要，可以说是一切的先决条件，显然，超艺是一位"有识之士"。

不必讳言，超艺的作品还存在一些稚嫩之处，有些地方落字不稳、用典不当，像赋、铭这类文体一般采用韵文的形式，在韵脚处应多留心。部分诗作结句显得随意，如"共思赤县大同日，寰宇旌旗烂漫红"（《有感》）、"再饮浊醪销怅恨，千秋浩浩有谁怜"（《于附中望太武感怀》）、"他年待到同欢日，春意新过百态妍"（《感怀》），均有空泛、浮夸之嫌。当然，他想表达的情感是真实的，只是在艺术上不够真切动人。超艺喜欢哲学思考，哲学思考最讲究逻辑，反对以标语、口号代替推论，相信他明白这一点。事实上，超艺的一些诗作已经处理得较为精彩了，如《吊先人诗兼序》尾联："宋臣愁在浪涛里，拍斥金门能奈谁。"上句想象奇妙，浪涛如何能承载愁绪？但细想崖山南宋诸臣跳海殉国之事，又觉得颇为妥帖，何况传说中伍子胥的冤魂每每随着钱塘江的潮水而来。下句紧承上句下，浪涛拍打金门，其实也就是愁绪拍打金门，而这种愁绪又不仅仅是古人的。这两句诗兴象完足、想象奇特、贴合情理、含蓄委婉，又连贯而下，一气呵成，是诗集中相当耀眼的一联。

超艺在文学创作上可谓全面发展，不仅写旧体诗词，还创作新体诗、小说、书评、影评等等，常常展现自己对现实问题、人类命运的沉思，其间许多领域非我所能论说。从中学至今，我主要集中精力创作古典韵文，偶尔写些杂文，不敢示人。而今事务日渐繁多，能用心体味文学、享受创作的时间也越来越少，不免汗流浃背，睹《思考居庸关》一书，大有"臣之壮也，犹不如人"之叹。衷心希望超艺能葆有赤子之心，以文学浸润生命。少年负壮气，奋烈自有时，期待他更精彩的作品、更精彩的前程！

（作者系厦大附中2021届毕业生）

思考居庸关（自序）

一、登上居庸关

（一）

对于我个人而言，北京城里最吸引我的地方，首推天安门城楼和人民英雄纪念碑，再次便是居庸关。关于居庸关名字的由来，流传着两种说法。一种是元朝王恽的《中堂事记》中记载的，秦始皇北筑长城时，"徙居庸徙于此"，按这种说法，"庸"是苦役的意思。按王恽的看法，因为民夫士卒被强征徙居在这里，所以这段长城被称为居庸关。另一种是援引古代书籍《周礼》的记载，"王功曰勋，国功曰功，民功曰庸"，顾名思义，居庸关便是保家卫国、保卫人民之意。对于本人而言，我更愿意选择后者。当我登居庸关时，一步步踩在前人无数血汗而成的石阶上，轻抚着穿透无数岁月的城墙，我和千百年前的古人产生了共鸣。有戚继光"封侯非我意"的豪情壮气，自然更有李贽"重门天险设居庸，百二山河势转雄。关吏不闻占紫气，行人或共说非熊"的深刻体悟。

回首自己的创作经历，不论是写诗，还是简单的哲学思考，无一不浸润着古人的低语，响应着古人的呼唤，并继续向前，毫不畏惧。

年幼时我就喜欢朗朗上口的古诗词，还有诗词中的豪壮之气。那时候的古诗词之于我，正如居庸关之于我，新鲜而又大气。今天想来，可能是李白的诗给我带来的感觉。在我眼里，这不就是一首首五个字五个字的事吗，孰不能为之？我当场大笔一挥，就写下两首，其中有一句让我印象深刻，"小车奔街上，行人满市场"，简单而稚嫩的笔触展现出的是年幼时对这个世界最直观的感性认识。

缺乏对格律的正确认识导致许多不成熟的诗作的诞生，并带有白话色彩，例如《怀鲁迅三首》中的"江湖波涛多险恶，先生独笑看人间"，《初秋过原》的"秋原落花风更远，琴萧无泪草无边"，至今读来，虽无格律，但仍能感受到火热的赤子之心。就像我在居庸关的起点上的一鼓作气、斗志满满，对高山的征服的渴望、临于高峰怀抱山河的志气。

当然，诗歌里的委婉、豁达等等伴随着苏轼、柳永的到来也冲破了我固有的观念，辛派词人的大气也不免影响我的创作，加上邬双等老师和李昱圻等诸多学长的帮助，我的格律水平在提高，我的诗风也悄然发生改变。

那时我创作了一首简单的五言绝句：

朝起醉岩仙，携来饮醴泉。

雨残惊雁落，风惨泣江天。

这首诗带有强烈的凄凉色彩，但是第一首合乎格律的诗歌终究诞生了。这应该是一首魏晋名士的写实图。我不喜欢魏晋名士的诗歌，但是我喜欢他们的气节，钦佩他们表面疯癫但内心忧国忧民的情怀。早晨起来固然有美好的山水，有亮丽的晴天，但他们的心里，已经是"雨残""风惨"，而外界政治变化已经让他们"惊""惨"。但是，我反对这些人的做法。于是，我又写下一首七言绝句，带有强烈改编模仿的影子：

> 作赋每求苍庶盛，著书不为稻粱谋。
>
> 乾坤定要随人意，少壮常怀千岁忧。

这里的"少壮常怀千岁忧"与《古诗十九首》里的"生年不满百，常怀千岁忧"并不同，在诗歌中更强调一种忧患意识。

从此这几句话便成为我创作的标杆：我要写什么？少玩点文字游戏，多想想社会，多想想自己是谁、从哪里来、要到哪里去。登上居庸关的第一步，自然便会停不下来：

《浣溪沙·怀苏武》

> 百万旌旗雄壮城，无边落木汉关行。边秋一雁定戎平。
>
> 易水萧萧风正冷，悲歌未彻断人行。河梁回首梦皇陵。

《诉衷情》

> 孤人难明漫夜天，笔下写蓬山。狂雨骤，竟无言，所念更难眠。
>
> 忆旧倚栏前，恨无边。踟蹰愁惨听鸣蝉，更悲然。

诗歌中带有的稚嫩之气未脱，还是使用了许多直抒胸臆的手法。我在作诗的初期，诗歌里仍脱不去语言风格的粗糙、遣词造句的肤浅、情感的露骨，诗歌倡导含蓄清雅，一味地抒写仍会带来文字上的鄙陋。

上山的过程中，我自然也加深了对古代诗人的认识。这些诗人带有的士大夫气节往往令人折服。大气者，有如李攀龙的"城头一片西山月，多少征人马上看"、钱谦益的"天公尽放狂风雨，不到天都死不休"；悲壮如辛弃疾的"男儿到死心如

铁，看试手，补天裂"、张同敞的"白刃临头唯一笑，青天在
上任人狂"；深情有纳兰容若的"被酒莫惊春睡重，赌书消得
泼茶香"；感慨有李商隐的"不知腐鼠成滋味，猜意鹓雏竟未
休"。总结而言，杜甫、辛派词人和明末诗人带来的冲击力最
大，与我年少而炽热的心遥相呼应。从年幼喜欢李白到长大之
后喜爱上杜甫（见《感怀（一）》：非我多情哀万姓，至今泪
下老臣诗），应该是一种成熟，一种对自身作为新时代青年的
责任期许，一种传统的悲天悯人的情怀。杜甫的诗沉郁顿挫、
炼字对仗、内蕴深远，往往能引起深刻的思考；不只对自己的
人生，更有"每求苍庶盛"的胸怀、"常怀千岁忧"的情感。

读诗、写诗带来的不仅是审美上的快意，更有火热而真挚
的情感；正如在登上居庸关的时候，沿途的风景给精神带来了
无限的愉悦，更有极目江山、气吞山河的胸怀。

诗歌也带来对家乡的无限热爱，家乡的人物风土也带来了
对一生的影响。时时念想起黄道周先生的"纲常万古，节义千
秋；天地知我，家人无忧"；也有先人杨一葵的《恒岳》：

几度南来望碧岑，春风此夕一登临。

千寻峭壁连天外，万壑飞沙接地阴。

积雪峰头霜露冷，堆云洞里薜萝深。

徘徊四顾情无限，聊作半山鸾凤音。

读到此，我才知道，对山水的热爱，是代代相传的。

如果说方向何在，"血尽关山报马翁"；如果说激情何
在，"道神州六亿，扫猛虎残虫。白日方东"；如果说梦想何
在，"寰宇旌旗烂漫红"。

我的步履已经止于居庸关顶，但是我的诗歌步伐没有就此

停下，我还需要反思，我的诗歌中有许多不成熟的地方。我还是深感自己的诗歌远离了群众，没有杜甫的《三吏》《三别》来得深刻；自己的诗歌脱离生活，一味复古，使得年幼时的"车""市场"不再出现在自己的诗歌中；自己的诗歌缺乏思考，缺乏主席诗中的豪迈。

诚如《周礼》所言，"王功曰勋，国功曰功，民功曰庸"。站在居庸关的高处，什么是人生的意义、如何"居庸"？

（二）

"看山是山，看水是水"到"看山不是山，看水不是水"，应该是哲学的进一步螺旋上升。哲学闯进我的诗歌，并逐渐扩充到其他文章体裁上。下棋时的"大道常凭一二胜，夜深独坐更沉思"、登上陈元光行台时的"促织应为知世事，孑然哀叫到天明"，固然已经带上一定哲学思想，但含蓄委婉，不能真正表达我的意思，于是向哲学深处的探索便发生了。关于孤独的思考、关于存在的思考、关于历史天命的思考，使得简单的哲学三问的答案在我心里不断丰富完善。我一直认为，年少就是最大的资本。因为年少的思想总是带刺的，虽然不成熟，但是已经有初步的世界观，拒绝盲从，可以怀疑孔孟、可以怀疑卢梭、可以怀疑萨特，可以重寻自我、重塑自我。

哲学的意义在哪里？哲学最大的意义在于指路。我们都说，思想是变革的先导。诚哉斯言，先进的思想能带领人们破除畏惧。在人类的迷宫里，在社会的大海上，罗盘和卫星系统固然重要，但红旗和灯塔也很重要，当初我选择文科时，自然不免受到这种思想的影响。

站在山上的人，不免会觉得自己渺小。以自身的渺小，去对抗宇宙山河的永恒，意义在哪里？我们活过、爱过、写过、唱过、努力过。

作为征服高山的"人"，我认为应该去思考自己到底想要什么，怎样去度过有限的一生。普罗米修斯的一生是有意义的，因为他为人间盗来天火；西西弗斯的一生同样也是有意义的，他的生命属于自己，他的岩石属于自己；白首狂夫的一生同样也是有意义的，唤醒沉睡的人们，坚守了自己的信仰。在书中浅薄的思考也许是一个起点，一个从居庸关迈向整个长城的起点。

从思考中蔓延开去，在散文和小说中得到表现。景物给我们思考的物质载体，虚构给我们通过想象表达自己观点的权利。夹杂着浪漫主义和更为强烈的现实主义，文笔固然不成熟，但我希望能让自己思想的天鹅暂时停下，用简单的笔触写下思想的火花。

在这个加速的时代，我们将何去何从？拨开乱云飞渡，回归中华民族的美学和诗学，回归日神和酒神精神，回归辩证唯物主义指出的社会规律，我们这代人将重新定义哲学，社会的步伐一定会更坚定。人生如剑，保持着清醒，中华民族的思想一定会创造属于自己文明的辉煌，实现中华民族伟大复兴。

如何"居庸"？我干脆坐下来，看着远方。离北京几十千米外的居庸关，没有京城的繁华，只有边关的大气肃穆。对面的山脉，远方的河水，无数呼啸而过的车辆；曾经的塞上，如今祖国心脏旁的血管。王侯将相算得了什么？没有人民，什么都是空谈。我站立的高度有无数先人的奠基，我在他们的脊梁上才能看得更远；而我，也将融入他们，未来的人们将会踩在我们这一代人的脊梁上，我们的民族，将会站得越来越高，看得越来越远 "我相信未来人们的眼睛，她有拨开历史风尘的睫毛，她有看透岁月篇章的瞳孔。"只要用心无愧，无愧于社会，无愧于历史的车轮，这便是我的意义。固然，在我心里也有悲凉，"游人不解雄关气，空教云台看古今"，我们是多么渺小；但更有"长啸衔杯观日落，吟诗指点起风沙"的豪情壮志。居庸，居庸，守土卫民，穿越千年，我从先人手中接过的不只是一支可以泼墨挥毫的笔，更有他们的豪情壮志、他们的胸怀、他们的梦想。清澈的天，简单的云，我还会有多少艰难，还会有多少荒诞，没必要怕了吧。登上居庸关，下一步就应该出走居庸关了。

二、出走居庸关

从国际视野上看，出走居庸关，不是放弃守土卫民的责任，不是将民族抛在脑后；恰恰相反，走出居庸关，最先打理带上的就是家国情怀，然后走出居庸关，用宇宙的胸怀拥抱世界。"火车走出居庸关，经过了一段崎岖的山路以后，便在我们面前敞开了一片广阔的原野，一片用望远镜都看不到边际的原野，这就是古之所谓塞外。"走出居庸关，要的是包容的智慧，要的是舍弃自身落后部分、接受其他文明先进部分的勇气，要的是对其他文明有取有舍、不一味盲从的能力。居庸关作为古代农耕文明和游牧文明的分界线，伴随着农进牧退和农退牧进的变化，居庸关在历史中不仅仅有守土卫民的功能，更有民族间文化交流的功能。居庸关在古代中国发挥着不可替代的作用，是联系中原民族和游牧民族的纽带。我们心中仍有一道居庸关，只有跨过这道门，我们才能包容更为多元的文化。

走出居庸关，是与自己的过去断绝，是走出自己舒适圈的勇气。在登上居庸关后，我们完成了对自身的反思，下一步便是出走居庸关的勇气。与过去的自己做个了断，走出书斋，把理论和实践相结合，打破书上的定论。只有在掌握现实材料足够多的前提下，方能扛起时代的大任。

走出居庸关也要求我们具有自己的个性、自己的立场，拒绝折中主义，拒绝骑墙。"居庸，居庸"，有居于中庸之意。走出居庸关，需要我们保持独立的人格、自由之思想，拒绝偏激、拒绝保守，立场鲜明，走出居庸关，抓住主要矛盾，方能让自己不偏不倚。

思考居庸关的意义是什么？听着千百年前传来的号角，无数灵魂从千百年前赶来相会，当我们仰头那一瞬间，一个大写的"人"、一片前年奋斗的沃土、一颗炽热的心，在文字间流淌，在历史间传承。

目　录

第一辑

第三辑

第四辑

215　后　记

第一辑

自 勉

作论每求苍庶盛，著书不为稻粱谋。

乾坤定要随人意，少壮常怀千岁忧。

偶得出门游山，口占一首

来踏人间暮岁风，霜寒黄叶泛崆峒。

射杨貔虎[1]荒山乱，起陆龙蛇[2]死海通。

万里长歌怀旧志，千秋义气貌枯桐。

梅花侵冷江峰畔，血尽关山报马翁[3]。

注：

〔1〕杜牧《杜十娘诗》"长杨射熊罴"，此指荒山极乱，似有英雄再次射貔虎。

〔2〕《阴符经》"天发杀机，龙蛇起陆。人发杀机，天地反覆"，上天如有杀伐的动机，就会使龙蛇飞腾。后用此典表示自然界秋冬季节。

〔3〕指马克思，此句指立志报国为民，为实现共产主义而奋斗终生。

春兴步草堂韵八首（选五）

（一）登高

淡淡春光老木林，振衣[1]嗟慨气萧森。

戎戎睥睨屯寒上[2]，淰淰崚嶒驻沍阴[3]。

日冷草衔残夜泪，风斜鸿引故园心。

谁歌郢调[4]伤吾意，诀荡[5]方知传捣砧。

注：

〔1〕屈原曰"吾闻之，新沐者必弹冠，新浴者必振衣"。东汉王逸注"振衣，去尘秽也"。

〔2〕《古文苑·张衡〈冢赋〉》，"乃树灵木，灵木戎戎"。章樵注"戎戎，盛貌"。李攀龙诗曰"五陵佳气蓬莱外，大漠青山睥睨前"。睥睨，女墙，城墙。

〔3〕杜甫《放船》，山云淰淰寒，此处用其意。代指山云。江淹《丽色赋》，"及沍阴凋时，冰泉凝节；轩叠厚霜，庭澄积雪"。沍阴，阴冷之气，凝聚不散。

〔4〕郢调，高雅的曲调。陈汝元《金莲记·弹丝》，"何必太谦，愿闻郢调"。

〔5〕诀荡，空旷状。

（二）吊明妃

罨画[1]京垣隐隐斜，最易鸡塞谢容华。

兵戈自古难休处，银浦于今可渡槎？

祗为宁边还汉室，莫凭素月泣胡笳。

画图不恨东风面，梦里秋来满落花。

注：

〔1〕罨画，色彩鲜明的绘画。杨慎《丹铅总录·订讹·罨画》"画家有罨画，杂彩色画也"，多用以形容自然景物或建筑物等的艳丽多姿。

（三）弈棋

曾临敛手对残棋，耻舍车兵总顿悲。

犹陷推敲移子处，且观变诡落兵时。

常言飞将争雄久，自许姜公济力迟。

大道常凭一二胜，夜深独坐更沉思。

（四）铩羽感怀

书卷于今乱似山，屯邅时运总人间[1]。

何须白昼听宵鼓，再令青衫对废关。

不以飘零伤壮骨，宜将老气弃容颜。

东山浅近幽台上，夜半荒鸡烈士班。

注：

〔1〕屯邅，多指艰难。

（五）西子湖怀古

湖山流落日西头，万里方圜已步秋

犹惹张公凭剑叹，剧怜于相对天愁[1]。

微波夕色少行客，远影昏然似鹭鸥。

共勉诸君同壮气，鹰扬登塔览神州。

注：

〔1〕张公指张煌言，南明将领、诗人，字玄著，号苍水。于相指于谦。

六州歌头·夜观封建史有感

山随潮起，六代故城空。星河动，天拍浪，风带雨。更怦怦。目断霓裳黯，几番乐，皆消散。金人骑，狄人踪，也匆匆。几度兴亡，负尽臣子骨和将才忠。看龙盘虎踞，终不抵枯丛。夜霭朦胧，点飞鸿。

望长安道[1]，士人老，争名利，坐蟾宫。黄巢斧，陈王钺，黄巾戟，尽空空。叹血尸成野，终还是、入天宫[2]。俄尔复，俄而始，替兴终。却苦蜀中百万，出祁山，日益危穷[3]。道神州六亿，扫猛虎残虫。白日方东。

注：

〔1〕长安道，陈草庵《山坡羊·晨鸡初叫》，"路遥遥，水迢迢，功名尽在长安道"。

〔2〕天宫，天阙，觐见皇帝的地方，代指起义后的农民阶级最终逃不过成为新的地主阶级的命运。

〔3〕史书记载，蜀汉在诸葛亮多次北伐后，"经其野，民有菜色"。

夜向鹭岛两首[1]

（一）

浮尽红云两片朦[2]，夜长谩道总成空。

千秋万代更何似，苍水星波往去同。

（二）

飞来迷雾最朦胧，裂尽孤框半壁空。

脉碎血贲流野虎，骨惊目弱向南风。

聊闲师友通渊古[3]，驰疾城桥任乱虹。

鹭岛夜深人不寐，人生一梦在杯中。

注：

〔1〕某日下午于东门打球，误伤眼睛以下皮肤，其中一个眼镜框

尽碎，血流不止。尔后，赖同学、家人和老师帮助，夜发鹭岛治疗。

〔2〕两片，指双子塔，厦大附中内可遥望双子塔。

〔3〕我校历史组安文杰老师先将我带往开发区医院，等待途中，共聊历史，甚是欢欣，在此表达不胜感激之情。

鹧 鸪 天

疏狂犹笑清都郎[1]，轻烟初绿饮千觞。鹰飞长啸还潜底，万里江流一梦茫。

看斥鷃，不曾翔。须眉应负大鹏扬[2]。此生最爱姜公处，踏遍东篱路更长。

注：

〔1〕清都郎，朱敦儒《鹧鸪天·西都作》"我是清都山水郎。天教分付与疏狂"。

〔2〕庄子《逍遥游》：有鸟焉，其名为鹏，背若太山，翼若垂天之云，传扶摇羊角而上者九万里，绝云气，负青天，然后图南，且适南冥也。

有 感

势扫苍云起海东，春风微暖有冰通。

熊貔空负纸为虎，魑魅何知海亦雄！

激起洪潮擒日月，踏来冷雨满刀弓。

共思赤县大同日，寰宇旌旗烂漫红。

少年游·怀易安

溪亭日暮[1]醉难游，月色满西楼[2]。天马南来[3]，萧萧霜鬓，催下几行愁。

天上人间何所有？谅苦恨沉舟。塞上长城[4]，壮心不已[5]，无奈锁心头。

注：

〔1〕溪亭日暮，李清照《如梦令》"常记溪亭日暮，沉醉不知归路"。

〔2〕月色满西楼，李清照《一剪梅》"雁字回时，月满西楼"。

〔3〕天马南来：渡江天马，原指晋王室南渡，建立东晋，因晋代皇帝姓司马，故云天马，此指南宋王朝的建立。辛弃疾《水龙吟》曰："渡江天马南来。"

〔4〕塞上长城，《南史·檀道济传》载，宋文帝要杀名将檀道济，檀道济大怒道"乃坏汝万里长城"，比喻能守边的将领。陆游《书愤》诗云"塞上长城空自许，镜中衰鬓已先斑"，此以寄托李清照为女儿身而不得用之情。

〔5〕壮心不已，曹操《观沧海》，骥伏枥，志在千里；烈士暮年，壮心不已。

吊先人诗兼序

癸卯年正月初一，于故园谒先人陵。先人系宋末国舅、处置使杨亮节之孙。国舅勤王，至粤，不意已兵败崖山，故归闽。其三子居于此，其携长子、次子居金门。

陵侧有峰，遂登高寻迹。山草木郁郁，虫鸟翕忽。半山有佛寺。山有岩画六七，或曰："闽越古迹，可溯之商周。"天阴欲雨，故未至顶。及佛寺，中有老耄，或曰："待风和日丽，登其顶，可遥观金门、澎湖也。"闻之，念一统事未毕，怅然不能自已。邻峰有古石塔，状似毛笔，修以寄文仕之意也。遂作一诗，谓吾古先人也。

失鹿临安破半棋，崖山何处最逶迤。

勤王杀贼余忠志，岛老为侯待汉时[1]。

从此铜人[2]飞雨泪，于今故国起风思。

宋臣愁在浪涛里，拍斥金门能奈谁。

注：

〔1〕香港九龙有侯王庙，据说是供奉杨亮节的庙宇。

〔2〕李贺《金铜仙人辞汉歌》："魏明帝青龙元年八月，诏宫官牵车西取汉孝武捧露盘仙人，欲立置前殿，宫官既拆盘，仙人临载，乃潸然泪下。"

忆去岁诗词大会

新秋萧肃水残声，潮起冯夷浪曳生[1]。

诗国宗堂英气在，词坛刁斗弱心轻。

天情不为沧桑老，人力何堪日月倾。

依旧青山流驿道，行人道上羡功名。

注：

〔1〕冯夷：河伯，古代中国神话中的黄河水神。

感 怀

书破十年如弈棋，枯枰弃子最难为。

求田羞见刘郎气[1]，观史沉思武穆祠。

丹篆[2]千秋书笔意，墨书三卷滥文辞。

休嫌驿道行人老，禄禄功名更易悲。

注：

〔1〕《三国志·魏书·陈登传》，"君有国士之名，今天下大乱，帝主失所，望君忧国忘家，有救世之意，而君求田问舍，言无可采，是元龙所讳也，何缘当与君语"。

〔2〕丹篆，用朱砂书写的篆文。

怀 古

金陵王气梦中空，千古石头[1]多烈风。

弃剑实难扛鼎力[2]，卷书偏少济川功。

只闻望帝河山里，不见衣冠日月中[3]。

都道垄夫[4]思佩冕，古来盗跖最英雄。

注：

〔1〕石头，石头城。

〔2〕扛鼎力，项羽力能扛鼎。《史记·项羽本纪》"籍长八尺余，力能扛鼎，才气过人"。

〔3〕衣冠日月，张煌言《复赵督台二首（其二）》，"衣冠犹带云霞色，旌旆长悬日月痕"。

〔4〕垄夫，陈涉。《史记·陈涉世家》"陈涉少时，尝与人佣耕，辍耕之垄上"。

破阵子·冬日感怀

漠漠远风寒树，沉沉暮霭江天。踏遍江南佳丽地，憔悴芭蕉轻扫烟。庾楼月满园[1]。

万里长虹似练，青山前后波澜。几度年华应我用？起舞清孤何所难。梦中醉看山。

注：

〔1〕庾楼月，庾亮南楼上的月。王安石《千秋岁引·秋景》"楚台风，庾楼月，宛如昨"。

感 怀

（一）

舟浮海国梦如昔，遥景依稀似旧迟。

镜澈元知华发早，楼危才解古人悲。

人心不可平心臆，正气难因戾气遗。

非我多情哀万姓，至今泪下老臣[1]诗。

注：

〔1〕老臣指杜甫。

（二）

灯影残宵笔力惊，训狐挟狡叫平明。

云刀雾戟压山气，杜酒商歌咽雨声。

二耙文昌思隐野，覆轮蜉结效仙彭。

昆明池底皆休矣[1]，千载人寰一羽轻。

注：

[1] 昆明池底，汉武帝凿昆明池，极深，悉是灰墨，无复土。举朝不解。以问东方朔。朔曰"臣愚不足以知之"，曰"试问西域人"。帝以朔不知，难以移问。至后汉明帝时，西域道人入来洛阳，时有忆方朔言者，乃试以武帝时灰墨问之。道人云"经云，天地大劫将尽，则劫烧。此劫烧之馀也"。

（三）

残阳色老任风磨，夕漏高台映剑歌。

波起平帆轻泛少，山斜漫步苦行多。

荆公易水余悲曲，委鬼残宫剩破戈[1]。

老去蜉蝣惊怒水，胥涛何处可观河[2]。

注：

[1] 荆公，荆轲。悲曲，《荆轲歌易水歌》"风萧萧兮易水寒，壮士一去兮不复还。探虎穴兮入蛟宫，仰天呼气兮成白虹"。委鬼，魏忠贤。明传言有"委鬼当朝立，茄花遍地红"，此上下句总指人事无定。

[2] 胥涛，指浙江钱江潮，亦泛指汹涌的波涛。

（四）

年将十六觉空空，欲泛仙槎起浪风。

孤罖还哀时撇捺[1]，微星更叹岁知穷。

志存耿邓[2]徒谈梦，功作黄粱却逞雄。

今日南窗观卷处，江郎攫笔怒颜中。

注：

[1] 撇捺，迅疾貌。

[2] 耿邓，东汉初名臣耿弇和邓禹的并称。王莽篡汉，二人皆起而佐光武定天下。

水龙吟·悼辛弃疾

万夫霹雳驰烽火，忆壮岁风流事[1]。游关骋目[2]，龙泉承影[3]，焕然英气。天马南来[4]，江山千里，半残悲瘁。万字平戎策[5]，洋洋洒洒，却谁料、踌躇意？

空许孙郎[6]壮志。望中原，神州壮丽。青山华发，无人知我[7]，苦情何似？揾泪英雄[8]，常寻飞将，锦襜初骑。纵廉颇可饭，东家种树，尚能何计？

注：

〔1〕辛弃疾《鹧鸪天·有客慨然谈功名，因追念少年时事戏作》"壮岁旌旗拥万夫"。

〔2〕游目骋怀，纵目四望，开阔心胸。出自王羲之《兰亭集序》"仰观宇宙之大，俯察品类之盛，所以游目骋怀，足以极视听之娱，信可乐也"。

〔3〕龙泉承影，龙泉、承影，古代宝剑名，代指军事。

〔4〕天马南来，原指晋王室南渡，建立东晋，因晋代皇帝姓司马，故云天马，此指南宋王朝的建立。辛弃疾《水龙吟·甲辰岁寿韩南涧尚书》"渡江天马南来，几人真是经纶手"。

〔5〕万字平戎策、东家种树，辛弃疾"却将万字平戎策，换得东家种树书"。

〔6〕孙郎，孙权。辛弃疾《破阵子·为陈同甫赋壮词以寄之》"天下英雄谁敌手？曹刘。生子当如孙仲谋"。

〔7〕青山华发，无人知我，辛弃疾《贺新郎》"我见青山多妩媚，料青山见我应如是……知我者，二三子"。

〔8〕揾泪英雄，辛弃疾《水龙吟》"倩何人唤取，红巾翠袖，揾英雄泪"。

浣溪沙·怀苏武

百万旌旗雄壮城，无边落木汉关行。边秋一雁[1]定戎平。

易水萧萧风正冷，悲歌未彻断人行。河梁回首梦皇陵[2]。

注：

〔1〕杜甫《月夜忆舍弟》，"边秋一雁声"。

〔2〕皇陵，汉武帝陵墓，亦称茂陵。温庭筠《苏武庙》有"茂陵不见封侯印，空向秋皮哭逝川"句。

五律·咏怀

槎客知何处，悠悠鹤表飞。

风飚连窅岛[1]，雨裂断斜晖。

去岁寻岩蔽，今朝和露归。

生当燕烈士，壮志也无违。

注：

〔1〕窅，深远。

撷附中内杜鹃有感

山色初晴轻絮飚，杜鹃声里杜鹃香。万花群中秦娥[1]笑，百草丛生粉黛伤。

红萼留香迎新露，轻烟初绿付苍茫。撷芳欲与人前说，自笑清都山水郎。

注：

〔1〕秦娥，传为秦穆公的女儿，是故也称秦女，小名弄玉。

浣溪沙·拟南宋古战场事

方跃千山路漫长，马嘶江畔起风凉。黄昏旗影盖斜阳。
谁道江南成塞上，关山今是战鄱阳。梦中刀剑卷沙扬。

于附中望太武感怀

横江太武锁云烟，吞吐河山断楚天。
东卧浩波披日月，南开平野向河川。
曾疑仙客驰黄鹤，也道计蒙游堑渊〔1〕。
再饮浊醪销怅恨，千秋浩浩有谁怜？

注：

〔1〕计蒙，《山海经·中次八经》"又东百三十里曰光山，其上多碧，其下多木，神计蒙处之，其状人身而龙首，恒游于漳渊，出入必有飘风暴雨"。

八声甘州

对破金瓯，七十春秋，抽剑对长洲。壮岁龙泉误，金戈铩败，犹感悠悠。怒起风雷更惨然，战甲方修。龙卷吞雄虎，易水生愁。

万里河梁当取，夜观东南势，浪溅飞舟。效关河烈士，突骑渡江秋。策平戎、缚来南越，正悲歌、血泪画军谋。怀空许，长城塞上，亦束吴钩。

临高考赠高三诸君

十年书海待今晖，山斗文章起陆飞。

虎掷雄风翻更盛，龙拏槎海映方辉。

月明昨夜和君漾，天远如今伴梦归。

他日行来堂上客，宴中诗酒莫相违。

登居庸关两首

（一）

势抱京城景物沉，青龙飞向蓟天深。

神鞭堕下疑天力，仙酒流开是地阴[1]。

雁影北疆追皓日，木苍南侧忆边褛[2]。

游人不解雄关气，空教云台[3]看古今。

（二）

古来紫气塞边涯，峰指青天若欲斜。

烽火敌楼相掩罢，策军拴柱[4]剩桩邪？

扶桑[5]烧尽苍龙背，飓母[6]卷翻云汉槎[7]。

长啸衔杯观日落，吟诗指点起风沙^{〔8〕}。

注：

〔1〕地阴，杜甫诗"塞上高楼接地阴"。

〔2〕边祲，明代边疆灾祸。

〔3〕云台，元时建，刻有六种文字包括失传的西夏文。

〔4〕拴柱，居庸关传有杨六郎拴马桩。

〔5〕扶桑，太阳。

〔6〕飓母，此指大风。夏日居庸关顶风极烈。

〔7〕云汉槎，通天的小船。参见汉张骞故事，杜甫《有感五首》："乘槎断消息，无处觅张骞"。

陈元光行台怀古

颓垣最恨是虫鸣，湫戾^{〔1〕}浮云亘古声。

闽岭湿低传汉将^{〔2〕}，蛮人骁勇拒唐征。

空摹战马秋阴壮，今数山灯夜畔清。

促织应因知世事，孑然哀叫到天明。

注：

〔1〕湫戾，卷曲的样子。

〔2〕汉将，陈元光。

悼文忠公

雨细民安五谷丰，樽中挥笔酒常空^{〔1〕}。

小人成党醉歌舞，君子为朋独惨风^{〔2〕}。

文字五朝皆杂砌，残余八股未流东^[3]。

摘章绘句都夸好，至此还来思悼公^[4]。

注：

〔1〕史书记载欧阳修待客"樽中酒不空"，此处反用其意，指欧阳修遭小人诋毁而反击时之孤独。

〔2〕见欧阳修的议论性文章《朋党论》。

〔3〕欧阳修推崇古文，是北宋古文运动的倡导者；以此讽刺当下一些浮夸的文章，空有华丽表面而不知所云。流东，指消失。

〔4〕摘章绘句，铺张辞藻。出自宋王谠《唐语林·文学》，当时轻薄之徒，摘章绘句，聱牙崛奇。

贺新郎·老大那堪说

把酒斜阳舞。话苍茫、宗爷百万^[1]，祖生^[2]何路。方饮沉醑今朝罢，君道梁园^[3]何处？算事业^[4]，为功名误。万里平戎须划策，问东皇^[5]，下国怜空瘵^[6]，冠剑^[7]恨，怎分付！

人心别有萧萧处。叹六朝^[8]，草衰几缕，肃风难住。南域元无真骢马，白发不应哀诉^[9]！咒血碧^[10]，渐离^[11]难舞。一抹《梁州》^[12]惊戍梦，起秋凉，羡塞鸿难阻。天补裂，谁和汝！

注：

〔1〕宗爷百万，刘克庄词"记得太行山百万，曾入宗爷驾驭"。宗爷，宗泽，抗金将领。

〔2〕祖生，祖逖。

〔3〕梁园，梁孝王的宫苑，多借以感慨世事沧桑。

〔4〕算事业，张孝祥词"算事业，须由人做"。

〔5〕东皇，东皇太一，屈原辞赋中人物。屈原曾怀才不遇，怒问东皇太一。

〔6〕下国瘝主，温庭筠诗"下国卧龙空瘝主，中原得鹿不由人。象床宝剑无言语，从此谯周是老臣"，此处卧龙指辛弃疾，谯周指主和派。下国，天下。

〔7〕冠剑恨，罗隐诗"两朝冠剑恨谯周"。

〔8〕六朝，吴、东晋、宋、齐、梁、陈，皆都建康，朝代更迭频繁。

〔9〕此乃反语。

〔10〕血碧，苌弘碧血。

〔11〕渐离，高渐离。

〔12〕一抹《梁州》，辛词有"一抹《梁州》哀彻"。

附辛词《贺新郎》。

老大那堪说？似而今，元龙臭味，孟公瓜葛。我病君来高歌饮，惊散楼头飞雪。笑富贵千钧如发。硬语盘空谁来听？记当时，只有西窗月。重进酒，换鸣瑟。

事无两样人心别。问渠侬：神州毕竟，几番离合？汗血盐车无人顾，千里空收骏骨。正目断关河路绝。我最怜君中宵舞，道"男儿到死心如铁"。看试手，补天裂。

戏诗闽南

遥望群山若万笋，风吹峦下似翻堤。

古臣枫暗生炎瘴，羡我衣冠更整齐。

夏　日

璧似青山漾碧辉，矶头不见总思归。

谁知夏老鸣蝉困，变幻天云草木飞。

西河·怀祖逖以咏志

江东去，阑栏拍尽曾驻。楚台风雨共江流，独行轻羽。吴钩[1]载恨向关山[2]，凌烟[3]壮志前阻。

受长缨，终军[4]赴。陈蕃徐孺[5]谦恕。长风沧海浪翻空，斗牛[6]旧故，骋怀游目笑龙泉，渊明带月荷雨。

巷中燕子问所处。料当初、王谢皆去，起舞奋戈难阻。祖生起，塞上长城，天马南渡惊哀[7]。沉浮去！

注：

〔1〕吴钩，春秋时期流行的一种弯刀。

〔2〕关山，边关。

〔3〕凌烟，凌烟阁。

〔4〕终军，武帝时，南越割据政权尚未归附，自请出使南越，表示"愿受长缨，必羁南越王而致之阙下。

〔5〕陈蕃出于对徐孺子的敬重，专门为徐孺子做了一张床榻，平时挂在墙上。徐孺子来访的时候，就把床榻放下来，两个人惺惺相惜，秉烛夜谈；徐孺子走了，就把榻悬于梁上。

〔6〕斗牛，斗宿和牛宿。苏轼《赤壁赋》"徘徊于斗牛之间"。

〔7〕塞上长城，《南史·檀道济传》载，宋文帝要杀名将檀道济，檀大怒道:乃坏汝万里长城，比喻能守边的将领。陆游《书愤》诗云塞上长城空自许，镜中衰鬓已先斑。天马南渡，渡江天马，原指晋王

室南渡，建立东晋，因晋代皇帝姓司马，故云天马，此指南宋王朝的建立。辛弃疾有词"渡江天马南来。"

春兴三首

（一）病作

古道空祠向旧桐，斜光乱影一川中。

白头翁老楸枰裂，黑首生狂彩笔空[1]。

拍死苍蝇污寺壁，烛明香火绕堂风。

东风不道人憔悴，野药新烹话苦穷。

注：

〔1〕楸枰，围棋棋盘，引申指围棋。唐朝温庭筠《观棋》"闲对楸枰倾一壶"。彩笔，钟嵘《诗品:齐光禄江淹》"淹罢宣城郡，遂宿治亭，梦一美丈夫，自称郭璞；谓淹曰我有笔在卿处多年矣，可以见还。淹探怀中，得五色笔以授之。尔后为诗，不复成语，故世传江郎才尽"。

（二）咏近代史

再上高楼望斗横，故园风雨气难平。

豺狼阴噬膏腴土，貔虎公分旧帝京。

拍碎玦[1]形知苦味，击折碧血[2]咽悲情。

海棠[3]已覆尘埃色，指点残明到五更。

注：

〔1〕玦，此处代指玉斗。鸿门宴范增曾击玉斗，代指失去天下。

〔2〕碧血，苌弘化碧。《庄子·外物》"人主莫不欲其臣之忠，而忠未必信，故伍员流于江，苌弘死于蜀，藏其血三年而化为碧"。

〔3〕海棠，清朝的版图形状，多为俄国侵占。

（三）无题

曾因意气逞芒锋，一旦诗狂梦魇凶。

尽看吴钩仍叹少，浅观宋史欲推松[1]。

尝轻自古人痴最，却恐如今我已从。

最忆行人相视笑，此宵鳏眼更难封[2]。

注：

[1]辛弃疾《西江月》"以手推松曰去"。

[2]鳏，一种大鱼，鱼目不能闭合。

无 题

山光昏翳向云天，飞鸟相闻落树边。

鸡犬声中听月落，霞横天外看嚣然。

追思仓促武侯计，自古孤清松柏烟。

乍醒方知愁未去，五更寒气笑清年。

感 怀

七十年来哭逝川，血将烈士浸衣单。

挥鞭魏武怒东海，掩卷孤人旧月边。

梦里几多听喜乐，醒时谁解泪潸然。

他年待到同欢日，春意新过百态妍。

吊皮定均将军

当年草上飞骁将，昔日军中英气扬。
万里长征斗胆行，百回抗战奋戈长。
中原帷幄长淮畔，鸭绿鏖兵五圣乡。
戎马英雄急罹难，忠魂伴与远山茫。

贺新郎·怀易安

　　醉梦无踪矣，乍惊醒，三千故地。楼兰归矣，方想孤身离愁客，三弄梅花依地[1]。念往事，未归雁字。人比黄花才数分，卷西风，雨打芭蕉里。知汝者，二三子[2]。

　　欲将醉酒弦间起，梦悠悠，不栉进士[3]，平戎万里。能辨东篱南山处，整顿乾坤了事[4]。梦忽醒，金陵泪洗。敢问朝中多好汉，爱孔方[5]，风暖情熏子[6]。雄壮志，三山气。

　　注：
　　[1]三千故地、孤身离愁客，李煜《破阵子》"四十年来家国，三千里地山河""梦里不知身是客，一晌贪欢"。
　　[2]知汝者，二三子，引《论语》的典故"二三子以我为隐乎"。
　　[3]不栉进士，不绾髻插簪的进士，旧指有文采的女人。
　　[4]平戎万里、整顿乾坤了事，辛弃疾《水龙吟》"算平戎万里，功名本是，真儒事、君知否""待他年，整顿乾坤事了，为先生寿"。
　　[5]孔方，古指钱。
　　[6]风暖情熏子，林升《题临安邸》"暖风熏得游人醉，直把杭州作汴州"。

东海沐猴歌[1]

斫地高歌望东海，天连断霞生五采。

前潮击鼓曾泛槎，万里烟波颜不改。

　君不见，海之东有沐猴亦恂恂[2]，

　　　　文质彬彬蠹我民。

冯夷夜死群猴手，龙王难保甲上鳞。

从此渭水流泾水，麻姑不见海扬尘。

　　　沐猴，沐猴，汝欲何谋？

　　　　朝正衣冠夜害流。

　　雾塞飙回[3]久不通。

纵汝遥居扶桑中，请君试我后羿弓。

注：

〔1〕此诗刺日本排核污水事件。沐猴，猕猴，《史记·项羽本纪》"人言楚人沐猴而冠耳，果然"，喻徒有其表、目光短浅之人。

〔2〕恂恂，看起来恭谨温顺的样子。

〔3〕雾塞飙回，比喻动荡作乱。《后汉书·光武帝纪》"九县飙回，三精雾塞"。

秋日凭高行

　　躞蹀独自行，放目极苍边。雄山开数里，倚江断楚天。江水宛转东流去，初下云霞绕其间。红光曜曜，赤色如丹。山烟飞来换新天。最恨危楼堪千尺，犹梦东海意正酣。渺渺高飞鸟，偏向日中央。余忽思欲振翅天，能挟狂风踏大江。江上草木变衰处，行客匆匆萧瑟风。江波随舟浅歌来，应向东海龙王宫。宫中珠宝腾江上，金光曳曳始流通。通入幽谷深霞处，置于烟云乱绕中。山险如剑高欲阻，能令鹓鶵居数日。愁之不得度，浅闻人语响。圜吾栏杆处，已无远舟桨。

今视昔日文骚客，总寄蜉蝣叹已穷。常感人生到秋悲，时与江水共向东。不能腾跃大风间，徒然览卷秋日中。御风列子今何在？山河旧道几度更。

君不见，自古弘农多文士，披发高歌在蒿蓬。不以春喜笑秋悲，恣意放情山水中。长啸震天，饮酒倚泉；青崖放鹿，槎舟对仙。一斗诗百篇，白眼睨青天。凭高怀远任自由，上下九天绝人寰。

凯 风
——戏改徐志摩诗《我不道风是在那个方向吹》

余不知凯风兮欲何往！
忉忉兮于梦中，洄轻流兮水潺潺。

余不知凯风兮欲何走！
惛惛兮于梦中，佼人姿兮醉良久。

余不知凯风兮欲何如！
忻忻兮于梦中，梦晢晢兮窈纠乎！

余不知凯风兮欲何归!

悄悄兮于梦中，君为氓兮泪依稀。

余不知凯风兮欲何止!

怛怛兮于梦中，掷此心兮悲未已。

余不知凯风兮欲何飔!

钦钦兮于梦中，梦黯黯兮其煌煌!

太武山行

岁暮大湾聚北风，东南犄角迷雾中。

势拔苍石开摩刻，龙虎吞势排涛汹。

红日每超青蓝际，天成位置绝形容。

喧阗飞泉，悬高奇川；鹇雏回旋，缭绕轻烟。

鸥斜乱蹁跹，雁急掠天仙；隔岸明火盛，浮江争渡船。

君不见，假来东南百万兵，雷公执斧电光生。

云吞玉龙腰山界，若此钟鸣大鼎烹。

一骤暑气冷千山，万滴轻盈落寒汀。

失其首，见其尾，嘈嘈啾啾若有鬼。

忽而晴，忽而暗，文士墨客今已散。

数年血泪我偏伤，不如云游归旧乡。

庄生逍遥惟梦里，一生好入名山游。

江山阔景一身渺，劫运千年是春秋。

吾魂魄兮应天神，吾手指兮天庭；代代更兮竟似，惟太武之冥冥。

嗟乎，一我兮何其微！

且须留下摩崖刻，任与后人肆意猜。

漳 城 行

风萧萧兮起东海，驰来漳城不复还。

峥嵘崔嵬连天断，亦有孤峦如长剑。

道周先生骨难寻，至今犹存效先贤。

死节为道非易事，高风报国动千年。

万古纲常万人晓，孤臣天地孤臣怜[1]。

漳城有道谒先生，香火缭绕君知否？

忠烈志士蹈汤火，文墨词客建奇功。

后起七君周起元，帝王二师世远公[2]。

语堂小品文流彩，杨骚奋笔为国雄[3]。

更有人物数风流，初阳遍地生气中。

建史实为百万民，人杰亦有依地灵。

风令石动，夯土筑楼，北来东南启钟奇[4]。

将军遗骨，道士炼丹，灶山气势邈大江[5]。

太武摩崖蹉跎年，海疆执守志昂扬[6]。

指看无限山河涌，尽入天地作浩荡。

七十余载新建设，青山绿水更旖旎。

红旗之下笃行前，马列之后奋踔厉。

百年风华翻天地，千载古郡焕光辉。

我辈青年志高远，定使漳城新容颜。

九龙大江涌更凶，人间正道是沧桑。

注：

〔1〕黄道周，明末抗清志士，他死前咬破指头用血写了遗书"纲常万古，节义千秋；天地知我，家人无忧"。死后，人们从他的衣服里发现了一张纸，上书"大明孤臣黄道周"七字。

〔2〕周起元，明末"后七君子"，勤政爱民，一心为国，政绩卓著，遭魏忠贤迫害。蔡世远、蔡新叔侄二人，分别是清朝皇帝乾隆和嘉庆的老师。

〔3〕林语堂，中国现代著名作家、学者、翻译家、语言学家；杨骚，著名诗人、作家，中国诗歌会发起人之一。

〔4〕东山的风动石，侵华日军想把它拉走却遭失败；漳州南靖土楼，闽南土楼的一种，规模宏大，被誉为"神话般的山区建筑"。

〔5〕漳浦灶山山脉，晋代道士葛洪曾在山上采药炼丹，皮定均中将殉职于此地。

〔6〕漳州龙海市港尾南太武山，位于我国东南海疆，摩崖石刻尤为著名，有三十多处。

苍穹铭
——仿《陋室铭》

云不在聚，有白则灵；风不在狂，有气则盈。斯是苍穹，惟汝寂旷。鲲鹏起南溟，后羿射扶桑。月上有梢头，日去常断肠。可以冲冠啸，断哀情。无杂气之乱界，无肆雨之惊心。立心横渠句，苍茫敕勒川。众生云："何狭之有？"

漳 州 赋

闽中旧郡，江南东道；海滨邹鲁，礼仪之邦。扼九龙而临台海，望澎湖而引岭南。天光常灿，气冲斗牛之间；地灵人杰，文能小品语堂。集天下之族望，聚四海之名门。陈郡琅琊，弘农太原；祖出门望，宗流千载。元光屯兵开漳，文广骋马平蛮。赵宋闽冲之堡，一言平台之城。道周殉明死难，成功反清故原。两朝蔡姓皇师，一代朱氏大儒。东林君子，起元浩气凛然；蓝氏三兄，封侯才为丈夫。云洞岩，集天下文墨；南山寺，成千年古刹。地山文若耸峰，杨骚笔提左翼。平和暴动，朱将军终成烈士；漳州解放，大军直逼东南。

鸥汀大洋，浩浩其乎。天海共色，落日奇飞。宁静致远，足谓境高。虽无酒可临风，何不乐哉！白帆数许，弥津之舳；岸风值盛，海槎方远。至于海风啸，天公怒，凄风惨惨，好似鬼哭。海拍阔浪，气如长虹。寻雨倏至，如泄万江，倾万山，实似天阙也。

漳地山甚多。绵延千里，不见其尾；绿尽山林，不见其首。云洞岩，远溯上古，天帝赐山；山壑幽洞，丹霞碑林。另有一山名灶山，复名丹山，葛洪尝至，行道家之为，炼丹炉以修。数户人家，生白云里。哀哉！皮定均，开国将也，飞途经之，加之雾茫，遂亡于此，甚为悲也。另山不识其名，位玄武庙后，石大滚圆，唯一松竹破石指天。即登顶，竟有大仙行后留印，其步、趾极大，却与人似，亦五趾，具足弓。噫嘻！天地鬼斧可怪也欤！

芗剧者，闽南之剧也。尝传及闽南，耄耋黄发，皆喜之。其韵工，其文骈；诸如《陈三五娘》《赵氏孤儿》《罗通扫北》之辈，音貌杂实耳悦，绕梁数百里。吾尝于一村社忽闻曲，然此曲唱于另一村社，以为迅且远也。昆仑击玉，凤凰来旋。致以芙蓉泣，香兰笑，十里春风，故常断肠；凝云颓，素女愁，吴刚倚桂不能眠。他乡闻此曲，流连不知去；吾乡闻此曲，幼止老停步；归客闻此曲，难免动乡思。

红白砖瓦，古厝犹存。漳州旧府，赵宋遗城，坐南朝北，何其浩大！尝从游于明清遗城，登城墙不见墙尾，行石巷不见巷尽。檐牙高啄，竖立齐整，不知其有千百户？壮哉！

余于庚子初夏作。

答 客 问

苏子撰《赤壁赋》于古黄州，于今已有千余年矣，其间文人诸君相称道。其文摘章绘句，气豪壮开宏辩，蕴道含理，主客之辩，有含愤之郁郁，有旷然之曜曜。吊古之篇众，其集成者而远宇宙乎！

然今视之，主之答客问，曾不能解众君之惑矣。下虽不才，每思试答客之问，不能挥毫。今兴发，而成一文，其中佶屈聱牙之处不可计，盖泛泛云。

客有曰，曹孟德，一世之雄也，如今安在哉？其有吊古抚今，叹功名不当曹公，而今潦倒而已，少间愤从中来，悲时运之不济。然孟德诚一世之雄邪？其破荆州，下江陵，拥千里之舳舻，百万之铁骑，然则皆孟德独可为之乎？东汉桓灵，涂炭黎民，脂膏尽刮；旧骨未枯，新鬼方啼，干戈不绝。父为徭，夫为征；荒亩之间，东菑萧条；蒿草之盛，妇童饥色。且南方吴地稍定，西南庸乱。孟德不量中原之财物民苦，兼有天下三分之初局；以一己之私，欲平天下之四海，履至尊而致六合，效秦皇汉武之功，曾聚中原强弩百万，铜雀赋诗，不能以之怀悯苍生，悲乎！且余尝夜观黄太冲之《原君》，曰，"今也天下之人怨恶其君，视之如寇雠，名之为独夫，固其所也。"曹松亦有诗云，一将功成万骨枯。余捶胸顿足，拊膺长叹，以为古知己也。独夫者，寡助者也，曹公之辈尔。若客之功名不成，又何须羡孟德之侪也！窃以为，兢兢以为民，业业以为天下；固民为天下本，民为天下主，其弃民者无须悼也。为国为民若尧舜辈者，今犹颂其功追其德也。豪雄起于民，而天下之元本在民。故答曰，"宁为苍生而居下，不为流名而伐黎元。春与秋其骤逝，唯民持者不朽也。"

　　客亦有云，人如蜉蝣，亦若一粟，寄于天地、沧海之间，须臾一生，甚羡无穷江水，更与东流。览苏子之论，辩证之法充乎其间，浩浩乎，其言甚善。人生乎天地间，非御风列子，非展翅鲲鹏，乃一实体客物也。万物皆有其大道，量变之累以达质变，矛盾运动以改方圜；不可逆道，本须固理；不可守旧道而反新理。长江固无穷也，江浪所逝不能以一瞬，畅流间而得无穷；人生固短，然惜时谋进，利他为务，实重于泰山，其留于家国天下，虽一毫一末，亦有德于后人。且夫江水虽无穷尽，然起于上古，其之利于民，谅不可计也；其之困于民，亦不可计也。其之无穷，岁月蹉跎，悲喜厉害无常；不及人之在世，有为而为，有过则勉，立身修身以达治国平天下，去虚空而重实，不敢不惜三五更鸡鸣灯火，何领羡长江也！

壬寅年十一月朔日夜，夜观《赤壁赋》，帘外风疾雨骤，慷慨奋笔于附中内。

刘郎今又来
——悼刘禹锡

乌衣巷口，先主庙前；寻常百姓，天地英雄。刘郎今来，桃花依旧。虎踞龙盘，惊泣鬼神。手执一毫，如有生花。纵是巴山楚水，或居庙堂之上；才气轩昂之风，怒发冲冠之雄。永贞革新，牛李党争；碧霄一鹤，吟啸千年。

沉舟侧畔，病树前头；千秋凛然，业复五铢。嬉笑怒骂，皆成文章。所以不感衰节，能壮激心。穷困潦倒之所，提笔安天下；刚毅勇猛之岁，改革换新天。儒雅有士之风，无畏有将之勇。宁静自守，淡泊名利。一腔热血，皆为天下苍生；五车学才，皆为追昔兴邦。

石头城外，潮打空城；洛阳城里，清光如此。成无商鞅，败甚居正。盖刘郎高瞻远瞩，知藩镇之蔽；知者知也，明宦戚之祸。然宦戚之祸，乱于宫廷，手柄大权，夺皇之位，更立新帝。驱贤臣，去忠良；近小人，任亲信。天下之乱复起，"牛李党争"，庙堂之履，行去皆异。梦得微之之辈，纵有大志，抑不得用，何悲乎！

观中华五千年，改革有为者其少矣。商鞅行法，强秦谋弱，然车裂死之；仲淹革新，西抵西夏，以除"三冗"，后犹去之；居正变法，行"考成法"，北抵鞑靼，修长城，十年兴盛，后然抄家削爵，呜呼哀哉！

垂柳青青，白帆点点；一箪食，一瓢饮，犹可清闲。玄都观里，望夫石上；刘郎后栽，孤石相思。桑榆不晚，霞尚满天。巴山楚水，虽为凄凉；二十三年，气骨依旧。千淘万漉，谗言浪深，迁客沙沉，狂沙至金，何惧铩羽！

四海为家，萧萧芦荻；梅花笛吹，莫奏前曲。昆仑秦山，有山则名；长江淮黄，有水则灵。豪气凌云，开阔疏朗。有苏辛之气，有老杜之忧，有烈士之血。任苦海浮沉，三起三落；任众人诬讥，改革大败，何陋之有？

一夫振臂，而万夫雄。丈夫虽贵，碌庸又何有益！身居流世，惟吾德馨；天地肃清，惟吾浩然。金陵王气，虽已黯然；千寻铁锁，积沉江底。怀古悲今，人伤往事，山枕寒流，荒苑茂草。独见天地唯尔茫茫，平生而多慨。德才皆兼，知行合一，智言胜人，其必有梦得也！

呜呼哀哉！君已去矣，生不逢时，死赠尚书，千古文客！

千秋尚凛然
——浅析张苍水其诗其人

每览明末清初诗人的诗歌，便可窥见古代士大夫的骨气：中国古代士大夫的骨气便在于他们的忠义、他们的勇敢，在于他们穿越千年的士人精神。

张煌言，字玄著，号苍水，明末清初诗人、儒将，崇祯十五年举人。在面临国家为难的局势下，张苍水在给两江总督的信中说，"左祖一呼，甲盾山立，济则赖君灵，不济则全臣节"；永历十四年，张苍水和郑成功从崇明岛直逼明朝故都南京，可惜郑成功不听张苍水建议，最终功亏一篑。郑成功南下之后，张苍水仍留在浙江与清朝作斗争，平岗结寨，最终仍是舟山失陷，因叛徒出卖被捕。《清史稿·张煌言传》记载，"临刑，二卒以竹舆昇至江口。煌言出，见青山夹岸，江水如澄，始一言曰，绝好江山！索纸笔赋绝命辞三首，略一振臂，绑索俱断，立而受刃，死不仆，刑者唯跪拜而已"。他死后，和岳飞、于谦被民间并称为"西湖三杰"。《清史稿·张煌言传》给出了很高的评价，"当鼎革之际，亡国遗臣举兵图兴复，时势既去，不可为而为，盖鲜有济者。徒以忠义郁结，深入于人心，陵谷可得更，精诚不可得磨"。这种不惧死亡的骨气，最终流入反围剿斗争中，流入抗日斗争中，流入千千万万中国人的血脉之中。

试看《挽大宗伯吴峦穉先生（其二）》：
一掌河山亦践蹂，老臣霜雪正盈头。
掀髯犹抱沧桑恨，扼吭甘从孤竹游？
自是泽宫堪荐俎，岂无夜壑可藏舟！
趋朝当日称先达，惆怅生刍何处投！

气逆于喉，河山践蹂之苦，山河易道之悲也。惆怅生刍，知音已逝，弦断有谁听？知音已逝，恐怕也是一种解脱，生在此世，唯有坚持下去，一个人与强大的敌人对抗到底。

试看《吊肃虏侯黄虎痴》：

百年心事总休论，堕泪凭看石上痕。

竹帛早应传魏胜，河山终不负刘琨。

当时杖履知何在，此日衣冠赖孰存？

一自将台星殒后，胡尘天地尚黄昏！

用魏胜、刘琨之典，更能体现肃虏侯卓越的军事天才，可惜南明总是会陷入内讧。虽然对无意义的党争有怨恨，但张苍水更愿意抱着乐观的态度，相信"胡尘天地尚黄昏"；痛苦哀愁，与淡淡的希望，仍在支撑他往前走。

再看《书怀》：

一剑横磨近十霜，端然搔首看天狼。

勋名几误乘槎客，意气全轻执戟郎。

圯上书传失绛灌，隆中策定起高光。

山河纵破人犹在，试把兴亡细较量。

天狼，战事也，不祥。功名本非心之所向，只要坚守自己的土地。失绛灌后，谁是诸葛亮？张苍水深感自己的力量不过螳臂当车，追慕先人，山河破，但是自己还在，就有责任去重整山河。

再看《游龙教寺》：

云林次第望中收，碧涧清泉曲曲流。

山势有情留古寺，海潮无意到孤洲。

素冠却许黄冠伍，芳草浑同衰草愁。

自觉行踪犹廓落，五湖烟雨钓鱼舟。

貌似游山玩水，实际上张苍水心里永远挂念着山河失地，永远忘不了他的志向。游山玩水有多洒脱，内心便有多痛苦，

"芳草浑同衰草愁"中蕴含的情感，细细读来还是倾泻而出。

《将入武陵二首（其一）》：

义帜纵横二十年，岂知闰位在于阗！

桐江空系严光钓，震泽难回范蠡船。

生比鸿毛犹负国，死留碧血欲支天！

忠贞自是孤臣事，敢望千秋青史传！

《忆西湖》：

梦里相逢西子湖，谁知梦醒却模糊。

高坟武穆连忠肃，添得新祠一座无。

《暑雨同诸子限韵，仍禁"江窗"二字（其二）》：

几年辛苦拥油幢，留得闲身鼎漫扛。

风雨似为驱热至，衣冠终不受魔降。

沽来浊酒厄如斗，赋就新诗笔若杠。

最忆鉴湖晚霁后，采莲人尽唱吴腔。

杭州的西子湖头有张公祠，上有匾额"碧血支天"，四个字字字入木三分。故孟子曰"独孤臣孽子，其操心也危，其虑患也深"，到今日方悟其所以然。可叹张公祠外皆是春草，行人踪迹稀少；有多少人能知道百年前的"好山色"的慨叹，不禁悲从中起。

《闽南行》：

闽南自古龙蛇孽，犬羊阑入为窟宅。

亢公仗钺起海东，剑跃蜿蜒弓霹雳。

一战筑京观，再战解椎结；

三战合围漳州城，万灶星罗尽树栅。

弹丸小丑尚陆梁，登陴不畏河鱼疾。

回看百雉蚤悬灯，照耀闉阇光为赤。

城头刁斗寂不闻，唯闻死声动革筚。

我军鼾睡声如雷，战马高嘶待横击；

平明两军仍相持，似借人命膏锋镝。

嗟嗟！

狡虏何其愚，何不肉袒辕门行自绝！

忆昔秋深胡马肥，烧荒猎火天成血。

橐驼九陌换铜驼，指顾中原鲜坚壁。

不数年间杀运回，汉人复炽胡人灭。

区区阱兽与釜鱼，天戈所指应无敌。

应无敌，多卤获；

或献俘，或献馘。

此时龙战血玄黄，功成谁念沟中瘠！

兵家奇正鲜常形，屯军坚城岂善策。

试筹遁甲探阴符，大武何尝穷矢石！

这首诗歌大气浩然，穿越千年，从古至今，以恢宏的叙事方式，再现闽南历史，并引出现在的战事，使全诗有气吞山河之壮气。

两首绝命诗：

《临刑前所作无题诗二首》

其一

揶揄一息尚图存，吞炭吞毡可共论？

复望臣靡兴夏祀，祇凭帝眷答商孙。

衣冠犹带云霞色，旌旆仍留日月痕。

赢得孤臣同硕果，也留正气在乾坤。

其二

不堪百折播孤臣，一望苍茫九死身。

独挽龙髯空问鼎，姑留螳臂强当轮。

谋同曹社非无鬼，哭向秦廷那有人！

可是红羊刚换劫，黄云白草未曾春？

这两首诗不乏大量的用典，显示出作者的才学渊博；而作者的用典，才真实地表达了自己的感情。不用世人都能直观感受到的"悲苦"，而是和古代壮士仁人遥相呼应，言己而联通千古，更能表达千古之愁，更显示自己的愁苦。

天地英雄气，千秋尚凛然。张煌言代表的"碧血支天"，是西湖滋养出的千秋士大夫精神，是中华文化滋养出的民族精神和不朽气节。

第二辑

理想主义的火炬

英国人托马斯·莫尔在小说《乌托邦》中，勾勒了一幅自由民主、按需分配的美好理想社会蓝图，乌托邦是理想主义的表现。而理想主义内在矛盾贯穿在人类社会历史的发展之中，表现在现实不完美和人类自身对完美的冲突、个人完美与群体完美的矛盾。从古至今，东西方的理想主义思想流派众多，理想主义思想的出现和发展有其历史偶然性，更有其历史必然性。理想主义的火炬曾点亮无数人前行的灯塔，但是理想主义的各种表现形态背后的共性，却是值得深思的，不是简单的"存在即合理"，而是实践的必然要求。从某种意义上而言，理想主义曾经指引着我们的先人前进，甚至就在指引我们前进。

一、有效与无效

乌托邦理想光辉的虚幻之花往往扎根于土壤中最黑暗的地方，而理想主义本身就是人类自身不完美和掌控万事万物而达到随心所欲的完美设想的矛盾的产物。人在痛苦中不断地从思想上回归人本，在异化中不断思索对物质幸福和精神幸福的渴求，不断地催生理想主义并促使它完善。

对现实把握的深刻程度，却往往指向理想主义对现实实践的作用。理想主义有多么成熟、有多大效能，值得我们反思。并非所有的理想主义思想都能转化成现实效能。中国古代的儒学思想、大同追求在封建社会表现为一种对原始社会甚至是奴隶社会的追求，但是生产力不会倒退，历史的车轮不会掉头，使得宋朝时期的"井田限田论"最终只能沦为一句空话。这样的理想主义是停留于思维层面而脱离实践的"无效乌托邦"，这样的理想主义曾为中国儒学大家们勾勒美好的农村社会场景，固然有一定的进步性，但历史已经证明，西方的洋枪大炮和工业化，并不是书斋里的那个"是故谋闭而不兴，盗窃乱贼而不作，故外户而不闭"的理想社会，却是近代知识分子不得不面对的社会转型。

但从某种意义上说，这种大同思想又是一种"有效乌托邦"，这不是儒学在"大同思想"中发挥了超前思维，而是其恰好暗合了马克思提出的共产主义梦想。而共产主义理想的成立是建立在对人类历史的深刻洞察之上的，它和"大同"的遥相呼应，使得"大同"重新成为有效的"理想主义"，在辩证否定中到达了一个新的高度。从新民主主义革命开始直到今天，马克思主义中的共产主义梦想一直是一代代中国人的火炬。

有效向无效转化，无效向有效转化，是一部分理想主义的辩证规律，但并不是所有的理想主义都有这样的共性。马克思主义充满对实践指导的强大效力。千禧年主义在实践中往往无法指导实践，科学在一步步地终结神学，脱离现实去想象虚幻世界的到来、去指望凭借外力实现自身的自由，已经注定是无效的，注定是远离实践、背离历史规律。

二、规范作用

无论怎样的理想主义，无论理想主义多么脱离实际，最终都能起到规范人自身行为的作用。大到一个社会的共同理想主义，小到个人理想，规范性作用应该不容忽视。规范性作用一定能起到稳定统一体的作用，但是是否有必要或是有意义去稳定这个统一体却值得批判反思。因为统一体应该是在辩证否定中不断前进的，而不是凭借稳定而长存，因为打破自身稳定的反面因素是在不断增长的。

儒学磕磕碰碰来到了魏晋南北朝的时候，就遇到了强制力不足、号召力比不上道教和佛教的重大问题。当然，这亦是时代的必然。为了重新发挥儒学的规范作用，必须回到解决号召力和强制力的问题上。朱熹最终解决了这个问题，理学以哲学的高度解决了号召力的问题，并且经过改造后解决了强制力的问题。完美的规范力，固有黄道周"纲常万古，节义千秋，天地知我，家人无忧"的凛然大气，有文天祥的"臣心一片磁针石,不指南方不肯休"的浩然正气；反面也有"三从四德"思想从心理上摧残女性。正如前文所言，统一体应该是在辩证否定中不断前进的，而不是凭借稳定而长存。

儒家思想在规范中表现出来的"仁义礼智信"是属于新的统一体得到肯定和保留的部分。因为社会向前发展，变是社会发展中不变的规律，但在变的规律中，人的自我修养在变化中终会保留最实质最内核的部分。可以说，"仁义礼智信""经世济民"就属于这个部分。

人自我修养的规范，即广大人民群众的素质，一定是社会统一体重要的支柱，不断推断辩证否定。但是，规范不是机械地遵从条条框框的教条；勇于跳出教条，方能真正点燃理想主义的火炬，而非沦为空想。

三、个人与群体

从古至今，东西方的理想主义思想流派众多，而审视个人和群体的关系往往会被摆上讨论桌上。个体的完美是弗洛伊德的"理想自我"，集体完美则是列宁"按需分配"的美好社会。那么，是通过个体完美来到达集体完美，还是通过集体完美到达个体完美？我们需要重新审视理想主义的内核，审视历史发展规律和理想主义中个体与群体的关系。

从人类诞生之初，群居就是追求集体完美的一种形式。人类社会低下的生产力不允许先实现个体自由、个体完美来实现集体完美。我们在封建社会中过分强调集体完美而催生的儒学社会角色意识，固然使社会稳定发展，但三纲五常也扼杀了人的个性。而西方过分地强调个人完美，导向却是传统道德的败坏，到了近现代蜕变成自由主义，而自由主义不过只是资本主义的号手。哈耶克所谓的"通往奴役之路"不过只是传统的自由主义披上光鲜亮丽的外衣，所谓追求的"个体完美"不过只是一个噱头，这里的"个体完美"又往往受到个人占有资源限度的制约。

理性地看待集体完美和个体完美，理性处理理想主义中的集体完美和个体完美，便是理想主义重要的课题。首先应明确个人是群体中的个人，人的社会性是人的特性，离开了社会性，人便只能脱离"人"的概念而存在。而群体是个人组成的整体，群体却往往会扼杀个人的自我意识。作为理想主义，"独善其身"和"兼济天下"既要兼得，也要有所侧重。但是我以为，群体完美应走在个体完美之前。正如前文所言，理想主义有其规范作用，而群体完美的目标是发挥规范作用最好的体现，群体的规范作用往往能超过个体对自身个性化规范作用更为高效，更有强制作用；而个体对自身个性化规范作用往往能够随着人的惰性而改变，甚至降低对自身的规范作用。群体完美体现对历史社会规律的认同，体现对未来方向的共同意志，强调群体完美能达成相对完美的群体，这时这个相对完美的群体就能够发挥自己的功能，最终又满足个体完美，保证个体素质前提下实现个体自由，回到共产主义的初始目标，人的个体完美才能够被完全释放。

群体的无意识行为容易代替个人的有意识行为，这便指出了个性被共性泯没的后果，"不存在凌驾再个体头脑上的群体头脑"。群体完美的个体完善应该被重视，那么他的解决手段或目标，应该是平等的，而非金字塔社会结构。每个个体都被强调为群体的主人，每个个体都作为群体的主人而存在，每个个体在立足于群体完美之上，有自身理性的判断。这便是真正意义上的群体完美和个体完美最大的差别。

作为手段的民主和平等，虚假的民主和平等，便是西方所谓"普世价值"，过分强调个体自由只是资产阶级将一切财产私有化的合法性噱头。因为在过分的个体完美中，不仅规范性作用会大打折扣，而且混乱的释放只会导致更为难以控制的混乱。西方式的个体完美一旦达成，由于缺乏集体完美强大的规范性带来的群众素质，因此集体完美便被终结并滋生出，新的混乱。"现在我们知道，这个理性的王国不过是资产阶级的理想化王国；永恒的正义在资产阶级的司法中得到实现；平等归结为法律面前的资产阶级的平等。"

重构理想主义，从本质上最终指向人，是回归人本。从走向人本的道路上，单纯地实现人本的资产阶级个体完美最终仍受到社会财富和资源不均衡分配的现实的制约，走向失败是其必然。从群体完美出发，兼顾现实下的个体完美；以共性为前提，保留并发扬个性，这条路的终点一定是跨越千百年来，无论是孔孟老庄，无论是卢梭和伏尔泰，无论是马克思和列宁都殷切期盼的同一终点，是所有理想主义本质和内核的生动写照。

理想主义火炬的意义在于引路，而理想主义的内核和本质其实早已要求我们找到一条最合适的路。大浪淘沙，沿着历史的长廊，遥观未来，我们既充满信心，又渴望着更多的人用自己的才智继续铺路。有效而又规范作用的理想主义必然能为我们人类群体开辟更加美好的未来，我相信历史人们的眼睛，一定有拨开风尘的睫毛，继续往前走。

孤独的深处是别样的世界

　　孤独的深处是一个别样世界，自我的世界，浪漫的、主观的世界。孤独不是孤僻，孤独是人生的礼物，周国平先生说："孤僻属于弱者，孤独属于强者。两者都不合群，但前者是因为惧怕受到伤害，后者因为精神上的超群卓越。"撑一支思考的长篙，寻向孤独的深处，挖掘自己的灵魂，享受与世隔绝的自由，直面残缺与痛苦，修补思想上的不成熟。孤独深处，天地独一人，"举头天外望，无我这般人。"

　　杨牧曾写道"我必须沉默向灵魂深处探索，必须拒斥任何外力的干扰，在这最真实、震撼、孤独的一刻，谁也找不到我"，孤独是自我世界的挣扎，是自己与自己的斗争，自己与自己的搏斗。孤独是与生俱来的，是我们的宿命；即便我们的生命中出现了那么多你爱和爱你的人，而他们也只能抚慰孤独，没有办法消除孤独。只有通过孤独，才能向生命里的最深处探寻，探寻我们存在的价值，探寻孤独在生命里的分量，于人群中思考，于山野中思考，皆是孤独。个人的孤独，是一个人的深思，一个人的自由，"人的生命很有限，生存价值却可以是永恒的；人受制于必然性，却又同时能享受自由。"通过自由，通过孤独，我们创造了巨大的价值。孤独的思考使我们有时间审视自己的个人世界，叩问自己的个人价值，检点自己的点滴错误。我们都太匆忙，在繁华都市中，忙于工作，忙于学习，忙于在家与学校之间奔波。我们也许早就失去了自己，不曾记住我们自己的初心、我们自己的价值。也许，一天中要有属于自己的孤独，从贫瘠、单调一步一步走向深处，去慢慢解开生命的本真，挣扎着打开生命真正意义上的大门。

孤独可以让我们更睿智地活着，整个世界就是每个自我的孤独世界的集合体，其中有相同的部分，也有斗争的部分。因为我们的孤独、我们的思考，才组成了这个多彩的世界。"若是民众无法思考，社会的繁荣强大都是假的，都将毁于一旦。""并不存在个人头脑之外或之上进行思考的群体头脑，而让个体只能对这些观念加以照抄照搬的一种形而上学实体。"几乎所有哲人都是不断走向孤独深处的，几乎所有卓越超群的人思想都是孤独。他们的思想和作品都被当时的人们排斥和怀疑，直到后世才被挖掘出价值。但他们的孤独曾让他们不懈前进、不懈思考，直至思索之花崩溃、凋零，但他们的孤独却是永恒的。马尔克斯在《百年孤独》中写道，"过去都是假的，回忆是一条没有归途的路，以往的一切春天都无法复原，即使最狂乱且坚韧的爱情，归根结底也不过是一种瞬息即逝的现实，唯有孤独永恒。"经历的一切，无论孰真孰假，都透着孤独的影子；千百年来，圣贤与饮者，也都透着孤独的影子。他们曾经的孤独，曾经的思考，无论对错，仍对人类社会发展起到一定的影响作用。

孤独的思考，可以让我们摆脱狭隘的个人主义，把目光投向更广大的世界。由于孤独的思考让我们意识到生命的意义是创造价值，也意识到了个体生命在茫茫宇宙中的渺小。孤独的思考，起初原本是以自己为中心来认识世界，认为世界都按自己曾以为的秩序来运转；但向孤独深处走去，就会意识到这就是一种谬误。世界的中心从不是任何一个人，"历史把那些为了广大的目标而工作，因而使自己变得高尚的人看作是伟大的人"。我们从孤独中获得力量，不再戚戚于自己的一点小事，不再戚戚于自己的个人主义世界，把独处和交流、阅读、表达有机结合起来，把个人和世界命运结合起来，用国际主义视角去看这个世界。虽然我是孤独的，但我和千百人在一起；虽然我和千百人在一起，而我仍是孤独的。保持自己的独立，又不把自己视为驾凌其他人头上的什么天才。我们都只是平凡人，都只是普通人罢了；我们都来自群众，我们的思考都源于古今中外广大人民的思考；但我们又有人文关怀、国际视野，这样才是孤独地向灵魂深处思考的理性之处。

我不是很赞同叔本华《论孤独》中对交流的态度，"热衷于与人交往其实是一种相当危险的倾向，因为我们与之打交道的大部分人道德欠缺、智力呆滞或者反常。"我们孤独的思考，都是在一定的历史条件下，在一定的历史背景下发生的，是从所有人中来的，从过去已有的思索下接过接力棒。人格独立不代表排斥他人，相反，我们的思考来自实践，以对问题初步的感性认识为基，和他人的交流不是浪费光阴，而是另一种实践的手段，另一种侧面认识世界的方法。"很多人都误解了人格独立的含义，以为独来独往就是独立，以为隐居山野就是独立，以为自我封闭就是独立。其实真正人格独立的人，是内心和这个世界心意相通，即便你孤身一人，独来独往，也一样能挑战世事艰难，活出自己的价值，精彩而自在。"

　　我认为，成熟的或是影响世界的思考或来自大众，经历孤独，最终走向大众。它不是像叔本华文中那样，由一个伟人不断经历孤独而不与人和社会往来就可以得出的。哲人的思考几乎都是基于前人论断的，不断丰富自己，充实自己，再联系当下，认识当下，进行自己思维上的革命。没有一个人的思考可以脱离前人而存在，"单独的个体在思维，这种说法是不正确的。只有认为这种个体参与了在他之前已经由他人思考过的事物的进一步思考，坚持这种看法才是比较正确的。"所以，孤独的人的思考从这个意义上来说，也不是孤独的。每个思考的个体的成长会经历了解他们所在的环境，在此基础上，他们看到了已有产生的思考和行为，而哲人会继续深刻探索，真正的孤独的思考大门才由此开启。不同时代背景下，必然催生不同观点的哲人，客观唯心主义和主观的唯心主义，从朴素唯物主义、机械唯物主义再到辩证的唯物主义哲学，它们体现了不同时代以及不同的社会形态中的孤独者的思考成果。于是，各个时代饱读诗书、有自己的世界观的一些人，向他们灵魂深处发起探索甚至是搏斗，"哲学不是叫人信仰它的结论，而是要你思考"。他们不断怀疑前人的正确性，他们挑战前人的结论，从社会现象、从大众的社会生活中，不断检验自己提出的思想的合理性。这时候通常是很痛苦和孤独的，因为你需要极大的勇气，也许没人能理解，也许你难以接受一些事实。他们与一些同时代的人辩论，继续丰富自己的思想。虽然在交流，他们也无时无刻不感到自己思想上的孤独，他们要用巨大的论证去看社会现状，拨开历史迷雾。呕心沥血，穷尽一生，他们终于有了自己独立的判断，不管当时社会是否接受了这些论断，但哲人们更孤独了，而这些论断走向大众其实也是历史的必然，引发众人的思考与讨论，给人类的哲学史上留下一笔。无论它是否经得起后来实践检验，但也折射了那个时代先驱者的精华。而孤独，没有终点，只有更深处；于是，一代代人接力思考，在社会科学的道路上独自艰难前行。

孤独都要经历痛苦，但有些人恐惧，有些人享受。我认为这样的痛苦非常有意义，它提醒我，我还是个人，我还要继续创造更大的价值；而我还与世界联系在一起，我是世界的一分子；且我也只是一个普通人，从群众中来，勇于享受自己的孤独罢了。孤独，使我们更加清醒，更明智，更理性，更能找到自我，更能定位自我，"孤独没什么不好的。使孤独变得不好，是因为你害怕孤独。"不愿承认孤独是人生的常态，是人生之必然，就很难能走出一片更大的新世界；不愿承认世界并不以你为中心，容易自大、狂妄，背离孤独真正的意义。

孤独的深处是整个世界，它把你和我的思考，我和百万人的思考，紧紧纠缠在一起，碰撞出新的火花。活在孤独深处，活在思考深处，挖掘更大的世界。

生命的意义

　　"人是追求意义的生物。"生而为人，我们上下求索，索人生，索社会，索宇宙。我们的生命辉煌壮丽，焕发的创造力不可遏制。我们的生命是林清玄笔下的"思想的天鹅"，是《诗经》中的"鸢飞鱼跃"，是人间最美的四月天。

　　生而为人，独立于世，不逐江波。无论在怎样的环境中，我们都要保持自己独立的人格思想。有人说："生命就是这样地被环境规定着，又被环境改变着。"我不认同这种说法。生命应该是独立的，是掌握在我们手中的；我们都应该有自己清醒而独特的认知，不会随波逐流。"一切特立独行的人格，都是强大。"尼采坚持自己的思想，大无畏反对哲学的形而上，在世界哲学史上竖立了一块里程碑；"竹林七贤"放浪形骸于功名利禄之外，真名士，自是风流。即使我们不能成为像他们那样的人，但也要在阅读和思考中丰富自己，也要坚持自己的人格思想，知可所为，知有所不为。庄子信奉"众人有为我不为"，这就是要我们坚持自己特立独行的人格，拥有知是非、辨是非的基本能力，不受环境的束缚和他人的影响，飘飘乎如遗世独立，保持自我的清醒。

　　生而为人，寻索价值，不问长短。"生活是真实的、诚挚的，坟墓并不是他的终结点。"生命之意义，不在于寿命的长短，不在于获得物质的多少，而在于所创造的价值，在于灵魂的深度。孔孟之学在封建社会被奉为圭臬；李杜诗书传诵至今；马克思主义仍影响着世界工人运动……这些诗书、学说、法典的创造者的生命并不漫长，甚至充满了穷困潦倒，或是被世界质疑的声音所包围，但他们以生命全部力量换来的精神财富却穿越了百年甚至上千年，仍在深深影响着我们。"存在对人并不是问题，人最惧怕的是，自己成为无意义的存在、毫无价值的存在。"《逍遥游》中的朝菌、蟪蛄，也可以活出自我，实现人生价值；而上古的大椿，也可能无所事事，虚度一生，最后被泥沙掩埋。生命应该脱离肤浅的物欲，而应在生命活动中，创造出比生命更为崇高、更为伟大、更有意义的价值。

生而为人，我将无我，不负人民。"生命有权自认为辉煌壮丽。"如何让生命辉煌壮丽？在于弗洛伊德提出的"超我"境界，在于冯友兰先生提出的"道德境界""天地境界"。我们作为生命的载体，应做到我将无我，不负国家、不负社会、不负人民。自古有班超投笔从戎，有伏波将军马革裹尸，有诸葛孔明出师一表，有辛弃疾英雄揾泪；今看钱学森"两弹元勋"，钟南山院士逆行赴险，祁发宝团长誓死卫国……我们这代人，应该成为鲁迅先生笔下"中国的脊梁"，拼命硬干，埋头苦干，为民请命，舍身求法，勇于与社会的黑暗一角做不懈的斗争。生命的意义，不仅在于"私我""自我"，更在于"超我"；不仅在于追求辉煌壮丽，更在于追求穿越时空的精神价值；不仅要服务于国家，更要不负人类世界。马克思曾在中学毕业论文中说：如果我们选择了最能为人类工作的职业，那么重担就不能把我们压倒，因为这是为大家做出的牺牲；我们的幸福将会属于千百万人，我们的事业将会悄无声息地继续下去，但是它会永恒发挥作用，而面对我们的骨灰，高尚的人将落下热泪。

生命的意义，就是让我们无限趋近于伟大完美的人，可以为更多的人而奋斗，而非仅仅局限于自己一隅。我想，只有最大化地实现自己，让所有人可以从必然性继续向自由而发展，应该就是最辉煌壮丽的生命。

生命的意义，必定是自由的，必定是辉煌壮丽的，必定是生机无限的。生命多姿多彩，我们要保持自己的清醒，生命的意义更在于价值的追寻，更在于走向完美的自我，像扶摇直上九万里的鲲鹏，穿过浩浩长空，在人世间留下些什么。

浪潮重来

——观《浪潮》有感

马克思曾说:"哲学家们只是用不同的方式解释世界,而问题在于改变世界。"如何改变世界?有些人选择妥协投降,过平凡的一生;有的人选择革命,"我们的目的只有通过暴力才能到达";有的人却走上极端民族主义和独裁的反人类道路。后两者善于抓住社会上的不公平,且有大量知识储备以打动人民。

"浪潮"重来,必有一定物质基础。世界是物质的世界,两极分化是"浪潮"的物质基础。文格尔先生在礼堂上大喊,这个社会两极分化,穷则愈穷,富则愈富,失业的人越来越多,台下闻得掌声一片。改变世界,首先是找到理论的物质基础,而理论的物质基础来源于社会。物质决定意识,安定平等、消灭了特权阶级的社会才能抑制法西斯主义思想的蔓延。"浪潮"的成员们,四处贴标识,甚至贴到市政府大楼上。"物质的力量只能用物质的力量来摧毁;一旦理论掌握了人民,那也成了一种物质力量。"法西斯主义只能通过平等公正的社会来摧毁,只能通过人均受教育水平高的社会来摧毁。在两极分化的社会中,许多人便会像"浪潮"一样,被"团结"起来了,用"纪律"去推翻政权,盲目崇拜"元首",使"元首"先到达独裁之目的,再成功地把广大劳动群众和资本家之间的矛盾转移到民族仇恨上，"浪潮"重来。"如果产生了两极分化，我们的政策就失败了。"让社会安定平等，不仅是政府所为，更是人民之所需。

"浪潮"重来，最重要的是意识形态的渗透。意识具有能动作用，反作用于物质；政党的建设会重视意识形态，先进的政党则能顺应生产力，团结起来办大事；落后的政党则会逆时代大潮、历史大潮。文格尔控制学生，通过一次次对学生意识洗脑，让这些还未完整建立起人生观和世界观的年轻人似乎拥有宏大的目标。他们排斥"叛徒"，排斥"异己"。法国哲学家托克维尔提出了"暴民政治"，即"大多数人的暴政"。多数人的暴政是多数人的残暴与血腥，它的表象是民主，根本还是极端民族主义者的利益。所以有学者说，"民主是一种手段，而非目的。"虽然暴民政治的典例——民主制下的纳粹德国已经灭亡，然而我们却看见在所谓自由的美利坚，煽动种族仇视，多数人的暴政时时发生。极端民族主义者会像文格尔先生利用学生对他的尊重、崇拜一样，利用多数人对民族的爱、对"异教徒"的恨以及对政府的不满，发展为狂热，再后是屠杀。而这个号称"民主国家"，变质成为独裁者的意志所掌控和垄断的国家。"宣传思想工作就是要巩固马克思主义在意识形态领域的指导地位，巩固全党全国人民团结奋斗的共同思想基础。"诚然，意识形态斗争往往是最激烈的，不见血，不闻枪声。但如果我们国家的意识形态领域斗争失利了，被极端民族主义思想占领了，意识的反作用力将吞噬和血洗整个民族和国家。马克思说："批判的武器不能代替武器的批判。"极端民族主义武力"批判"终究会为人民"批判的武器"所打败。

防止浪潮重来，应建立一个"没有剥削，没有压迫，人人平等，共同富裕"的社会，并向各尽所能，按需分配的共产主义社会进军。"浪潮"，是资本主义社会走向高级垄断资本主义社会，即帝国主义之必然性，亦是人类史上野蛮暴政出现之偶然性，矛盾统一，终将被人民打败，消失在人类历史长河中。"帝国主义是资本主义的最高阶段。"法西斯是帝国主义特有物种，但并不意味每个资本主义国家都会走上弯路，但近些年来还是有许多极端民族主义者在资本主义国家复辟了右翼党，并占一定席地位。"政府有可能是强盗，但人民永远不会是强盗。"其实，更加可怕的是，强盗有文化，有号召力，"团结"人民成为强盗的附属品、牺牲品。《共产党宣言》中提出，到了共产主义社会，种族和国家之间的隔阂会消失。共产主义社会是物质财富极大丰富、精神境界极大提高，每个人自由而全面发展的社会。在这个社会里，法西斯将永远消失，一切历史的倒车都会被制止。

浪潮重来，不得不回望整个人类历史的车轮，虽然有弯路，有野蛮的倒退，但历史大潮将吞噬"浪潮"，消逝在历史长河中。"忘记历史意味着背叛。"我们人类的历史不会再如此野蛮地倒退，万万不可忘记。

孤独和诗

——周梦蝶诗评

除了孤独和诗，你一无所有。

"让风雪归我，孤寂归我。"打败过风雪，才能拥抱风雪；打败过孤寂，才会走向孤寂。宁可孤寂，也不违心。谁愿意与风雪相拥，与孤寂相拥？"黄昏的时候，对荒野呼喊人，声音比最细的风声还轻，直达人的内心。"风雪和孤寂何尝不是这种直达内心的呼喊？它唤醒了人的本心。"你乃惊见，雪还是雪，你还是你。"那第一颗流星也许就是孤寂，黯然重明，似乎在提醒你，你还是你，风雪和孤寂，都是你生命的过客。人生，本就没有那么多寓意。"当你来时，雪是雪，你是你。"乍一看，生命的本身即为生命。人却知其然而不知其所以然，看山是山，看水是水。"一宿过后，雪即非雪，你亦非你。"一宿中，你经历了什么？山不是山，水不是水，自以为看透红尘的复杂。直到"零下十摄氏度的今夜"，你还是你。"世间一场大梦，人生几度秋凉。"返璞归真，看透了，风雪算什么？孤寂算什么？心这也就释然了。"让风雪归我，孤寂归我"，又有什么可怕的呢？即使"结跏者的足音已远去"，希望也会存在，也会永恒。

"昨夜，我又梦见我/赤裸裸地跌坐在负雪的山峰上。"为什么你要赤裸裸？为什么山峰定要负雪？因为你干净、孤寂，而又不被理解。"我们赤裸裸地来了，又赤裸裸地走了。"朱自清曾在《匆匆》中写道。赤裸裸本就是真实的寓意。这座山峰，这个"孤独国"，何尝不是周梦蝶心中的桃花源呢？这里寒冷如酒，封藏着诗和美。"这里没有幽阒窈窕如夜""这里没有那喧骚的市声"……"凡心静则神悦。"在孤寂的世界里，切勿浮躁，将心静下。甚至虚空也懂手谈，邀来满天妄言的繁星。心静，则能与自己交谈，与繁星交谈，与万物交谈。"新的转机和闪闪星斗，正在缀满没有遮拦的天空，那是五千年的象形天字，那是未来人们凝视的眼睛。"未来与过去，便可悄然看透。与繁星交谈，"我是'现在'的臣仆，也是帝皇。"心静便可致远，便可开创一片自己的"孤独国"。

"所有的眼都给蒙住了/谁能于雪中取火，且铸火为雪？"人生本就是无奈孤苦，"雪中取火""铸雪为火"是一件多么荒谬的事件。人世炎凉冷暖，皆被周梦蝶先生尝过。正如《平凡的世界》中说："生活永远是美好的，人的痛苦却时时在发生。"世间太复杂，有太多痛苦、危险，暗流涌动。周梦蝶先生怀着"我心光明，亦复何言"之心，"不妨人间几炎凉"，看透红尘，无所畏惧，"于雪中取火，且铸火为雪。"

"如果没有诗，周梦蝶只是被大时代拨弄的退伍军人……可是，因为有诗，他成为一种态度，他的一生清冷也成为了美学。"纵观周梦蝶清冷的一生，除了孤独和诗，一无所有。他的孤独，他的诗歌，成为天上最美的星。

存在之我见

——写在 2022 的末尾

新元伊始，人们急切于计划的出笼、目标的出笼。浅谈存在，聊作叩开2023一点思考。

在海德格尔的哲学里，存在都是一种虚无的映射，虚无是一切存在的本质。死亡在海德格尔哲学中自然占有重要的、根本性的讨论价值，这些给海德格尔的哲学渲染上一层悲观的色彩。消亡是存在的终极走向，而不是本质。消亡的存在，才会让人有向前的急迫感与动力。谁也不应去否认事物走向灭亡的必然性，小到纸张的分解、人的死亡，大到阶级、国家到达共产主义社会时的自动消亡，甚至有人从物理上认为宇宙也在熵增，人类灭亡在所难免；可是谁会因为桌椅最后必然会报废、冰箱必然会有使用期限的那一天而放弃使用它们？谁会因为宇宙可能会走向灭亡而选择消灭全人类？存在的有限和无限性的矛盾，使人们更加倾向儒家式的存在观，从根本上肯定存在，甚至会像孔子那样说出"未知生，焉知死"。

我所言的存在的有限性和无限性，并非庄子的存在观。庄子曾提出人与自然本为一体，出于自然，归于自然，超脱于世，从有限走向无限，无限中又包含有限，便无所谓生死了。庄子的这一观念在当时自然很超前，但把人的社会性给忽视了，然而人就是各种社会关系的总和，庄于这一思想无疑是逆人的本性而动。

存在主义哲学家萨特在他的《存在与虚无》中提出了存在的有限性与无限性的问题。存在物不可能还原为显露的一个有限系列，因为任何显露都是对一个处于经常性变动的主体的关系。人在人生中某一阶段的行为、思想都是整个人生中的有限显露，人行为、心理的复杂性使得还原成有限系列成为不可能；一个人的思想甚至可以对后世产生无限的影响，像孔孟、苏格拉底等等。"如果显现的系列是有限的，这就意味着最初的那些显现没有再度出现的可能""那么结果便是，一个对象原则上是把他的显现系列假定为无限"。无限与有限的斗争性、矛盾性决定存在的价值。存在是有限的，走向灭亡是必然性；可是存在又是无限的，它创造的价值可以重复地出现。肯定存在的价值，是无限与有限斗争的必然结果。

存在有其必然性，也有其偶然性。存在决定意识，物质基础决定上层建筑。物质存在对思想的出现有其强大的作用力，即必然性。而加缪和萨特都认为世界都是偶然的，都是荒诞的，我认为这个观点有失偏颇。宇宙的产生也许是必然的，也许是偶然的，这仍有待于科学家的进一步研究探讨。他们的观点认为，由于产生于存在物有着其绝对自由的意志，人们所做出的决定、所规划的格局，充满了思维上的偶然性；然而，人所做的一切，无不受到他所处时代的局限性，以至于大的事件都带有历史的必然性色彩。一些特定历史时期所存在的事物、现象，考察它们不应该是直接挂上一顶"荒诞"的帽子。就像西西弗斯仍日复一日推动石头，但是石头滚下去和西西弗斯得有作为是必然性，存在也许是荒诞的，但绝无仅有偶然性，也要正视它的必然性。两百多年前，德国哲学家黑格尔就曾说过一句话"存在即合理"。"凡是合乎理性的东西都是现实的；凡是现实的东西都是合乎理性的。"这句话其实就是解释了存在的必然性问题，无论是反动的、进步的，它们的存在要从历史必然性上考察。

有存在的事物，便有向事物考察本质的人。"存在先于本质"，这是对人而言。对于人类要设计的实物，像杯子、桌椅，大多都是本质先于存在，功能已被锚定，失去考察本质的意义。另一种不存在本质考察意义的是物理上的"力""电"，因为他们都是各种效应的总体，如加速度、电流等，是由这些表项构成的系列，所以应考察这些效应。而人则不同，人的各种行为的本质解释，是必要的，也是必需的，所以有一门学科兴起，那就是哲学。"存在先于本质"，强调人的自由，自在自为；存在本身就是自由的，人类的追求就是一步步向自由进发的。从个体人的存在而言，人不是自己设计的人，而是行为、思维等从而志愿成为的人。这里强调了人存在的自由。马克思曾经批判过资本主义下的自由，那些自由都是异化的自由，无论是康德的，还是黑格尔的，抑或后来的尼采，他们的自由观念都不是彻底的、真正的自由。人的存在对自由之需，将会从必然王国一步步走向自由王国。

萨特认为，虚无也是一种存在的形式。固然，不存在，可认为物质的存在的不可能性。新时代，更要求我们透过存在认识本质，透过表象认识内在。要认识本质，第一步便是承认存在，承认物质的客观性，不懈探索；当然也要学习马列主义方法论，先把握现象的本质，再步步展开，对事物形成全面的认识。我们应站在时代和历史的高度，藐视一切困难，勇敢存在，继续前进。

屏蔽力是一种自律

伴随着科技的日新月异，信息呈现爆炸式的增长，数据和知识已然过载，物欲横流，人心浮躁，人的异化逐渐往深处走而我们却不自知，逐渐被他人看法包围，随外界评论动摇，被滔滔信息吞噬，困于表象，困于内心。仔细想来，有多少评论让自己下出一步步错棋，有多少信息对自己没有意义，只剩下一堆堆分泌过多的多巴胺。这时我们才会意识到屏蔽力是有多么重要，"让经过自己筛选过、同意过的信息，才能进入到自己的大脑里，这应该是当代人最重要、最紧迫的自律。"屏蔽力是一种自律，屏蔽力是使我们走向成熟的催化剂，是使我们冲出盲区的一把利刃，是我们中国青年以志为鲲鹏飞天而去的疾风。

屏蔽力，以催化成熟的力量，让我们理性对待褒扬与批评，不随他人看法而轻易动摇自己的内心。

"成熟是一种明亮而不刺眼的光辉，一种不再需要对别人察言观色的从容，一种终于停止向周围申诉求告的大气，一种不理会哄闹的微笑。"屏蔽力，使我们逐步走向成熟，走自己的路，过自己的生活，不必在意他人的流言蜚语。如果身陷他人的流言蜚语，我们的内心就会变得敏感而顾虑，做事总无法大展身手。然而，大千世界，价值观本就各异，何必去迎合他人的眼光？张居正对自身官僚阶级的利益开刀，不顾言官评论指点，换来大明王朝十年中兴；作家梁晓声直言自己知道如何写可以让作品畅销，但他只愿坚持本心。失去屏蔽力迎合了别人，随别人看法而动，实则失去了自己。屏蔽力，以冲出盲区的锋利，让我们能辨明真实与虚假，保持自己独立思考的能力，不随网络风向起伏。

在《乌合之众》中，哲学家勒庞指出个人在群体中会湮灭自己的个性，出现从众心理，可能还会激发出偏执专横的性格。在如今的网络中，"网络水军"现象、各自站队现象层出不穷，其中一些人可能会剑走偏锋，为一方的利益不惜夸大事实，歪曲虚构，不惜上升到人身攻击。我们需要保持自身的屏蔽力，在问题面前保持自己的思考，保持判断力，不盲从，不随波逐流。"谎言说一万遍就是真理。"如果我们不懂得去屏蔽这些谎言，就很容易被"网络水军"所利用，在群体中失掉自己的判断力。我们要客观看待屏蔽力，平衡"屏蔽力"和"接收力"的关系，才能辩证理性地看待这个世界。

"从现在起，我开始谨慎地选择我的生活，我不再轻易让自己迷失在各种诱惑里。我心中已经听到来自远方的呼唤，再不需要回过头去关心身后的种种是非与议论。我已无暇顾及过去，我要向前走。"处理"屏蔽力"和"接收力"的矛盾关系，其实就是如何选择的问题。我们要明智地做出选择，不一味听褒扬之声，也要听批评的声音；也不应该全盘简单接受所有人的批评，要学会屏蔽一些恶意的评价，在褒扬和批评中重新审视自己的初心；要站在人类的高度去理性客观地了解、分析国际局势，但也要辨明信息的真实度，也要思考信息的价值，学会屏蔽无用的信息，屏蔽偏激片面的观点，摆脱信息带给人的异化，辩证理性看待这个世界。

屏蔽力是一种自律，当信息社会给我们带来了巨大的冲击，我们何妨不转变一下思考角度，学会跳出他人评论，学会跳出"信息茧房"，学会去屏蔽无意义无价值的内容呢？

美学与诗学

朱光潜先生在《谈美书简》中指出，"应用到美学里来说，文艺也是一种劳动生产，既是一种精神劳动，也并不脱离体力劳动。"中国传统诗学从千年前的孔夫子的"可以观，可以群，可以怨"，到姜夔的"诗一曰理高妙，二曰意高妙，三曰想高妙，四曰自然高妙"，在美学上取得较大的成就，诗学进入美学领域，碰撞出来的火花蕴含了至今仍值得借鉴的中式哲学。

一、从现实出发，诗才能真正走向美

诗歌不应陷入抽象的概念，只有从现实生活出发，从人民中来，才能真正走向美。"现实生活经验和文艺修养是研究美学的基本条件。"诗歌并不是立足于浪漫主义抑或是现实主义进行创作，不是在文学评论中的抽象概念中，而是在现实生活中，以自己的阅历、以自身的认识去感受美，去记录美。

审美的情绪产生于现实自由的活动，而是"心意诸能力"全体的活动。在马致远的《天净沙·秋思》中，诗人以景物堆砌，看起来是单个且表象的，但却自然引出"夕阳西下，断肠人在天涯"一句，以秋郊夕照的背景，在广阔的天地间，游子迷惘彷徨之状跃然纸上，展现凄美哀愁的情调。现实的凄凉景色是诗人有意的选择，这些景色作为现实，为诗人的意识所反映，与诗人的心境融为一体，便形成千古名篇。只有从现实出发，摆脱各种抽象概念的桎梏，才能抓住美，产生"审美的情绪"。

在传统诗歌中，艺术意境占有重要的一席之地，它为诗歌的美学悲剧性和喜剧性打下必要的基础。正如《美学散步》中指出，艺术境界是化实景为虚境，是心灵具体化、肉身化。而艺术意境脱胎于真实，在传统诗歌中通常作为"比兴"存在，为下文渲染张势，《孔雀东南飞》中对景物的描写，"枝枝相覆盖，叶叶相交通。中有双飞鸟，自名为鸳鸯。仰头相向鸣，夜夜达五更。行人驻足听，寡妇起彷徨"，以实景为基，渲染出一幅悲凉凄惨的图画，却做到一种美的升华，直击人内心最真实最柔软的部分。

有些人放弃亲身接触过和感受过的事物不管，而去追问美的本质，永远抓不着美的本质。诗歌创造，亦是如此，如果一味追求用典，未免会陷入掉书袋之嫌。王国维就曾提出诗歌"隔"和"不隔"的理论，他提出，"池塘生春草""空梁落燕泥"二句，妙处就在不隔。谢灵运的"池塘生春草，园柳变鸣禽"一句运用的就是写实手法，一个"生"字、一个"变"字，生动形象地写出春意盎然的景象，在朴实中见灵动，语语都在眼前，贴合现实，贴合人民大众。欧阳修的"谢家池上，江淹浦畔"连用两典，其中"江淹浦畔"指的就是离别之地，产生了"隔"，使读者对眼前景的把握就隔了一层。从现实出发，诗歌才能真正走向美，诗歌营造的是真实氛围，是典故到达不到的高度，这便警示我们在用典的时候要思考这个典故对这首诗的意象是否造成了破坏，甚至在炼字的时候，也要警惕炼出的字对整体意境的破坏。"大家之作，其言情也必沁人心脾，其写景也必豁人耳目，其词脱口而出，无矫揉装束之态。以其所见者真，所知者深也。"所见者真，所知者深，便是诗走向美的必要桥梁。

二、诗不要避讳美学的人情味，才是为大众的

人情味固然不是什么资产阶级独有的，只有具体的人性，而无抽象的人性，马克思就把人道主义和自然主义的统一看作是真正的共产主义。诗歌不应避讳美学的人性论和人情味，诗歌就是个体的呢喃，是个体的思考，是对人本的尊重。杜甫在《绝句漫兴》中写道："二月已破三月来，渐老逢春能几回。莫思身外无穷事，且尽生前有限杯。"这首诗就是对人自身的一种呢喃，对人本的初步思考，其中人有限的生命以及"及时行乐"的观点，尊重了人现世的本性。正如李泽厚先生指出，"儒家也抓住生死，虽知实有为空，却仍以空为有，珍惜这个有限个体和短暂人生，在其中而不在他处去努力寻觅奋力的生存和栖居的诗意。"也许部分诗歌反映出的人性论不值得赞同，但仍值得引起我们新的怀疑和思考，加深对"人"的命题进一步认识。

美学的人情味在文学作品中经常表现为爱情，体现人类共同美感，这个方面在古代诗歌得以生动体现。《诗经》里

的"所谓伊人,在水一方""匪女之为美,美人之贻""死生契阔,与子成说;执子之手,与子偕老"等,唤起了读者内心的审美认同,故能穿越千年而没有褪色,这样的文学创作真正体现人情味,呼应人民大众的心声。"文艺作品没有人情味回程什么玩意?那只能是公式教条的图解或是七巧板式的拼凑。"盛行南北朝时期的宫体诗饱受诟病,究其原因,便也是脱离美学的人情味,脱离人民大众,虽同为爱情诗,但其重视辞藻,讲究声律,带有强烈男尊女卑思想,追求淫靡之风,造成了"酷不入情"的阅读感受。对美学的人情味的正确把握,对诗歌最终是枯燥抑或是灵动、是为权贵抑或是为人民,有着不可估量的影响。

诗歌的力量,本就是将人最本真的一面以叙述、以斗争乃至以毁灭,呈现在读者面前;而对人本的认同,对审美主体的认同,就是对美最本质的认同,对美作为实践和意识映射的认同,对人的力量的崇拜。"一切美的事物都有令人不俗的功效。"诗意地栖居,拿罗丹的眼睛看世界,拿宗白华的精神感受美,以马克思的思想去想问题,也许在人生旅途上会更惬意,而在下一个人生的十字路口也会毫不犹豫做出选择。

别让自己的表达成为语言荒原

文字失语症，是面对绚丽落日的张口无言，是语言荒原上的贫瘠。别让自己的表达成为语言荒原，克服文字失语症，要勇于跳出"信息茧房"带来的桎梏和浮躁，要勇于开拓探索文学里的从前慢。"一个喜欢自由而独立阅读的人，是最难被征服的，这才是阅读的真正意义——精神自治。"热爱阅读的人拥有独立自由的灵魂，拒绝陷入网络语言单调而无趣的循环中。当下，网络热词不只流行于虚拟空间，年轻人平时开始使用这些流行语，便会往往出现纵有千万般滋味，却找不着一句恰当的语言表达，便会陷入众口一词、千人一面的境地，扼杀了文化花园的繁盛。《人民文学》和董宇辉在直播间对话，提出要用严肃的文学期刊在多元的文化环境努力杀出血路，不只呈现出文学小圈子的狂欢，打破当下的"文字失语症"。曹林老师曾提到，"生活在这样一个新词语大量流行的时代，很多人渐渐不再努力用个性化的语言表达内心的感受，而是倾向使用网络语言；应多读书，创造默读和思考的空间。"文字失语症带来的是思维的惯性，带来的是表达的单调，带来的是乌合之众般的枯燥和绝望。文字失语症，其实是诉诸迷惘和浮躁的结合体。打破文字失语症，就是透过文字读懂人生和社会的复杂，是思维和文字的碰撞，蕴含着强大的、潜在的创造力，留出一片理性思考、缓慢生活的空间。愿我们面对绚丽落日时不再努力从大脑里只能找到那几句单调的话语，而是用自己充满想象力的话语打破思维的桎梏，打破文字失语症带来的空虚和枯燥，别让自己的表达成为语言荒原。

人生如剑，磨砺成锋

　　曾看到这样一幅漫画，一块石头在千万次磨砺之下出现了闪耀的锋芒。人生的成长何尝不是磨一剑的过程呢？生活在磨去我们的棱角，也在给予我们锋芒，让我们在顺境与挫折中学会修正自己、为爱妥协、悦纳现实，在理想与现实中浣洗初心，笃定前行。

　　人生如剑，磨去棱角，露出锋芒，是在挫折中不断反思自己，修正错误的稳健前行。"一个能升起月亮的身体，必然扛住了无数次日落。"在挫折中审视错误，磨去不必要的棱角，方能更好地崭露锋芒，升起生命的月亮。航天员江新林起初在训练时成绩只是良好，未达到"飞天"水平，但他强忍不适，调整动作，改进完善，终成"神十七"中的一名太空人。哲学家刘小枫用客观视角对待中西方传统文化中的优劣，不断反思，磨砺自己的精神世界，努力寻找汉语哲学精神再生的可能性。人生如剑，重在磨剑中的先破后立、革故鼎新，重在磨剑中的激流勇进，在挫折中获得成长的锋芒。

　　人生如剑，磨去棱角，露出锋芒，是在理想与现实中学会圆融的智慧，为坚持而暂时妥协，从而完成自身的精神构建。精神构建是在价值判断上做出的价值选择，是基于敢破敢立的勇气而形成的意义指向。一时的妥协和退让看似磨平了自己的棱角，其实是在内心斗争中构建更清晰的精神世界，以退为进，积蓄力量，只为一朝锋芒毕露。

人生如剑，磨去棱角，露出锋芒，是在历尽千帆后学会战胜对外界的恐惧，悦纳现实，理性从容地避开生活的火堆，活出自己的精彩。人生行路多曲折，难免让人心生畏惧，学会在生活的"磨砺"中与挫败握手言和，与心里的恐惧握手言和，与自己的局限握手言和。不排斥、不焦虑、不激进，是磨剑的最高要义。《南方周末》在2024新年贺词中写道："不惑是既直击本质，又不失本真。是看清真相后的依然热爱，是洞穿世事后的心怀慈悲。"曾抱有那么不切实的想象固然美好，而和现实握手言和更需要巨大的勇气。磨砺人生，是史铁生的生命琴弦的紧绷，是林清玄的原谅这世间的不完美，是鲁迅面对惨淡人生的猛士气概。人生如剑，磨去棱角，在历尽千帆后无须畏惧，以石头般的平常心和剑锋般的坚韧力去对待一切，方有锋芒毕露。

生活就是一块磨刀石，磨去我们的棱角，磨出新时代青年的锋芒。然而这把剑最终能否成器，磨刀石固然重要，关键还是要看材质好不好。只有具备坚韧之质，才能越挫越勇，否则也只能一击即碎，成为一堆废铁。人生如剑，愿我们新青年都能摆脱冷气，勇于磨剑，扎根热爱与信仰，在自我省察中战胜一切恐惧，放出我们的光芒。

此心光明，亦复何言

孟子曰："人皆可以为尧舜。"如何为尧舜？人为何皆可为尧舜？尧舜之道，又如何悟得？

冯友兰先生在《中国哲学简史》中介绍过心学。心学"比道家还要道家，比佛家还要佛家"。如何见得？

陆九渊认为"心即理"，实在只有一个世界，便是（个人的）心或（宇宙的）"心"。心其实也是一个世界，它是一个由自己主宰的世界。郦波教授在讲《五百年来王阳明》时，把王华（王阳明的父亲）比作一座大山，王守仁要获得成功需要去逾越父亲这座山。我觉得不然。心，方为一座大山，若将这座山逾越了，其他之山便是丘陵，对成功影响不会很大。王守仁之所以能翻越父亲这座山，因为他的心，已渐然逾越平常人之心，怀有"为万世开太平"之志，遂能向成功一步步迈近。

心即理。我心不动，理自不动。王守仁曰："心之本体即是性，性即是理，性元不动，理元不动。"东晋之谢安，指挥淝水之战，仍平静对弈；闻晋军战一胜，仍是平静；待送走贵客，便手舞足蹈。可见，谢安"心不动"不能彻底。唯有彻底的"心不动"，方能不大喜大悲。王守仁当年平定宁王之乱时，却在帐内为诸学生讲学。前方战报"危急"，诸生皆大惊失色，而王守仁仍面不改色继续讲学；前方报"已擒宁王"，诸生欢欣鼓舞，而王守仁仍叫住学生，若无其事继续讲学。心不动，"我自岿然不动"，便能大获成功。人心本善，当流俗蒙蔽了我们的眼睛，便会失去本心，便难以使心不动。要使心不动，只能"吾日三省吾身"，使自己止于至善而已。所以孟子才会说"非独贤者有是心也，人皆有之，贤者能勿丧耳"。心即理，便可奠基人生格局。

知行合一，方能止于至善。"知是行之始，行是知之成。"知行需合一，方能成大事。闻一多先生一生遵守"做了也不一定说"的准则，昂然无尘立于世间，坚持为民主和自由奔波战斗。唯有知行合一，一个人才能显出他的学者风度和战士骨气。知中有行，行中有知；以知为行，知决定行。郦波教授认为知行合"一"，"一"就是致良知。对于"良知"，冯友兰先生将其认为需要实践的良知。东汉时期，清官杨震赴任途中经过昌邑，昌邑县令王密在夜中怀金赠之，"天黑，无人知晓。"杨震曰："天知、神知、你知、我知，何谓无人知晓！"暮夜却金。心中不受诱惑，便是心不动；心中存有良知而却金，便是致良知而知行合一。古语云："正心、修身、齐家、治国平、天下。"王守仁认为，致良知即是修身。修身之时，唤醒内心的良知，敲打心灵的警钟，便可不与世俗同流合污，"飘飘乎如遗世独立"，便可以齐卿大夫之"家"，治诸侯之"国"，平天子之"天下"，方能有一番伟业。

心学，在中国诞生，却在其他民族的大地上如珍宝般闪耀。梁启超说："日本维新之治，心学之为用也。"我认为，心学，不应再是旁门左道，它也应在这片几千年的历史的中华大地、这片"百花齐放、百家争鸣"的大时代焕发光彩，去建设有中国特色的社会主义文化。

心学是王阳明一生呕心沥血之为，当年在龙场悟道，绝非偶然所得，在平宁王之乱、平两广之乱，中屡屡遭小人陷害，屡屡贬官。在人生落寞之际，我心仍岿然不动。这是苦难造就的大眼光、大胸襟。为了悟圣贤之道，为万世开太平，他年轻时独身出走边关，视察蒙古各部。千磨万击，风雨中的阳明先生愈加挺立，毫不畏惧，"我自岿然不动"。"此心光明，亦复何言！"只要在人世间活得磊落光明，小人之谗便能不攻自破。

心学永远是伟大的。在物欲横流的年代，物质远居精神之上，心容易在其中迷失，心灵会受到更多的诱惑。也许，我们需要"心学"，需要把心解放出来，让心灵趋于光明。我们更应有一颗光明之心，有良知、有智慧，公正无私，胸怀大志，知行合一，以清高之像立于天地之间。光明之心，"比道家更道家，比佛家更佛家"。人生便得坦荡，光明而磊落。在光明之心引领下，我们个人乃至社会、国家便会愈加强大，愈加焕发出人生之大境界，中国之富强。

此心光明，亦复何言！

浅论适应

由于环境的不确定和我们自身的渺小，一出生便面临适应世界的问题和过程。认识世界和改造世界的人类活动中，也深含着适应和不适应的矛盾冲突引起的运动。适应带来的是自身的变革，不适应则是社会的变革；我本须变，而社会本来也是在变革中不断前进，所以怎么对待适应与不适应，变成了一个很重要的命题。

适应环境变化，是人类的一种能力，反映出人类对生活安定的向往，因此而做出部分的让步妥协。在南北朝大动荡时期，贤者隐入山林，百姓出家逃避赋税力求适应社会环境，在其中苟求生存。"命运总不如人愿。但往往是在无数的痛苦，在重重的矛盾和艰辛中，才使人成熟起来。"自身与环境的矛盾迫使我们逐渐让步，在环境中适应，一步步磨砺自己。"物竞天择，适者生存。"只有拥有足够的韧性，才能无论风吹浪打都能存活下来。纵观宇宙发展，在历经多次生物大灭绝后，仍有部分生物不断适应环境，改变自身结构，顽强存活下来，其本身就是一种进化；人类社会本质上就是物质，是不断适应自然变化，从食品采集者走向生产者的过程。苏东坡官场失意，被贬谪黄州、儋州等偏远地方，仍乐观生活，写下许多诗歌。改变不了时代与环境，便去努力改变自己，使自己更为乐观。外在遵循的社会规律也非我们个人能去随意改变的。历史必然性根植于经济文化的土壤里，我们要是认识到该现象是必然的并且代表社会前进的方向。

"常制不可以待变化，一途不可以应无方，刻船不可以索遗剑"，一味适应，表面上缓和了适应与不适应的矛盾，使历史随着王侯将相希望的方向走去，实则在抹杀广大人民自身的创造力，忽视自身的历史主体性地位，进而延缓社会进程。固然一些现象的出现是历史必然，但并不代表其一定是社会发展的方向，尤其在社会转型期，令人适应的旧思想却未必是件好事。"现实社会总是不完美的，而对完美、至善、终极的永恒追求却又是人类无可更改的天性之一。"所以我们要敢于斗争、善于斗争，与一切风险挑战作斗争，与一切非正义作斗争。历史并不经常是合理的，但在任何历史情境中总包含一条合理的出路。历史能不能合理发展，在于人能不能有合理行为。这里强调的是历史的偶然性，只有积极地思考和对先进方向探索斗争，只有"不适应"，只有必然性与偶然性的结合，主动把握历史机遇，才能引领社会快步向前。

反观几千年来的儒学意识形态，其实已经脱离孔孟，成为统治者强有力的工具。"当人被认定为角色，人的生命权利已被消弭。"即使起义造反，新的王朝只会继续延续甚至强化这种思想，古中国逐渐故步自封。

是否适应，怎么适应，至今仍是引人深思的问题。适应与不适应的矛盾，正悄然引起日常生活的变化。社会是否能正确平衡这个矛盾，看我们行为是否得当。因为我们的思想往往总是停于表象，成为社会表象静止投射的系列的总和，所以我们必须让思维动起来，往后看，往前望，走出感性具体和思维抽象，走向思维具体。社会的规律永远是我们选择的基准点，变是历史的规律，但是到底是变我还是变他，便是社会提出的问题。

呼　唤

——阿多尼斯诗评

　　泰戈尔曾写道："呼声唤语，越过一切樊篱，在外面徐徐消逝。"我想，阿多尼斯的诗正如这样的呼唤，呼唤我们的内心，呼唤整个世界。来自心灵的呼唤本身就有一种穿透岁月的力量，因为生而为人，情感有其共通之处，一代代人在呼唤中相互应答，在黑暗的旅途中以呼唤保持着联系，也维护自己的安全。

　　"我每时每刻都在/填希望的湖泊。"这是对自我内心的呼唤，对希望的呼唤。"强烈的希望是人生中比任何欢乐更大的兴奋剂。"诗人像希腊神话中的西西弗斯，无时无刻在填平希望这个深渊。他坚信，希望一定来到。希望作为人前行的主观动力，本身就具有强大的魅力，在社会历史的进程中发挥着不可估量的作用。"太阳在忧愁的时候，也要披上光明的衣裳。"只要希望存在的地方，痛苦也将化为快乐。人生本有那么多险恶的山水，但是希望往往有拨云见日的功效。即便是"苦其心志，劳其筋骨，饿其体肤，空乏其身，行拂乱其所为"，也能让我们保存希望，"动心忍性，曾益其所不能。""我心光明，亦复何言！"即使我们早已遍体鳞伤，也会相信。伤口上会长出翅膀；即使我们早已陷入黑暗，也相信提灯的天使将会到来；即使我们早已化为灰烬，也要相信废墟上会长满鲜花，"并在废墟和翅膀上寻找光。"

"孤独是座花园，但其中只有一棵树。"这是对内心的呼唤，对孤独的呼唤。"孤独是一个人的宿命。"每个人都害怕孤独，但又不得不接受孤独。花园式的孤独给"孤独"渲染上美好的意境，也揭示了孤独的内在是美好的。孤独并不可怕，令之害怕的是众生面对孤独的心。"好吧，我将从孤独中脱身/但是，去往何处？"孤独，是每个人生来拥有的财富。也许，它是那么难熬，可一旦放弃了它，那又将何去何从？自我的唯一性，必然使我们带有一些孤独的感受；完全抛弃孤独的感受，换来的只是乌合之众中的自己，那就是没有自己。

"爱，是持续瞬间的永恒。"上善若水，大爱无疆。对于人们来说，爱是不能被忘记的。哪怕一瞬间的爱，也会被铭记，会长存。人生之路，虽然坎坷，亦有其高尚之处。"我爱，我生活，我在词语里诞生，在早晨的旌旗下召集蝴蝶，培育果实"，风的君王不是简单地代表孤独和自由，更是爱，对自由和自然的爱，对灵魂的爱，对万事万物的包容。火花将永远照亮前行的人，因为火花曾出现过，爱永远都会在。

呼唤人的内心，呼唤一切可能遗忘的事物，"永远捧一束玫瑰"；诗人视角看问题，也许我们的烦恼都是没有意义的，真正有意义的、能够穿越千年的，是人的光辉。

做个郁郁葱葱的人

做个郁郁葱葱的人，不应该只是追求物质生活上的郁郁葱葱，更应追求精神灵魂上的郁郁葱葱。不会思考的人，不可能郁郁葱葱。"向植物学习，我要做一个向阳的动物。争分夺秒，光合作用，我要做个浑身长满叶子的人，一个郁郁葱葱的人。"做一个郁郁葱葱的人，就需要我们向阳思考。

向阳思考，给我们爱和正直的力量，让我们的生命更加顽强，让我们更加郁郁葱葱。"现实社会总是不完美的，而对完美、至善的终极永恒的追求，却又是人类无可更改的天性之一。"向阳思考，我们可以不断汲取爱和正直的力量。我们的思想，便会不断趋向正直，趋向爱，趋向人的自由全面发展的愿望，因此我们的思想就会愈加强大，我们就会以正直和爱对待生命中每一个熟人和每一个陌生人，我们就会追求生命里的"更完美"，我们就将更会郁郁葱葱。

向阳思考，给我们质疑的力量，让我们的心灵更加丰富，让我们更加郁郁葱葱。马克思曾说："哲学不是要你信服它的结论，而是要你思考。"在科学史上，伽利略挑战亚里士多德，爱因斯坦提出相对论挑战牛顿力学，他们都站在巨人的肩膀上一步一步发问，甚至向巨人发出了质疑，从而有了震惊世界的发现与发明。在哲学史上，黑格尔批判地继承康德思想，发展了绝对唯心主义哲学，他的思想标志着19世纪唯心主义思想运动的高峰；费尔巴哈年轻时又受到黑格尔思想的影响，逐渐发展机械唯物主义；马克思批判地吸收了黑格尔辩证法思想和费尔巴哈的机械唯物主义，发现了探索人类历史发展规律的辩证唯物主义，开创了哲学史上的新纪元。"质疑是迈向哲理的第一步。"向阳思考，可以使我们摆脱困难，战胜挫折，乐观面对生活；使我们大胆质疑，走向真理。质疑本身就是我们对现成的结论的疑团的检验，让我们从实际上出发，去探索事物的内在客观规律。"世界上所有文明都是思想产生的。"向阳思考，能使我们的心灵更加强大，更加郁郁葱葱。

向阳思考，给我们前进的力量，让我们的步履更加坚定，让我们更加郁郁葱葱。马克思在《关于费尔巴哈的提纲》中指出，哲学家只使用不同的方法解释世界，而问题在于改变世界。向阳思考，在人文素养的世界里寻找前进的力量。"让无力者有力，让悲观者前行。"知识只是一种外在的力量，而素养就是知识的内化，唤醒我们对"人"的终极关怀，唤醒我们改造世界的信念。人文素养让我们对自己的生存意义形成反思，从而能站到这个社会、这个国家、全人类的高度思考问题。出于对真理的坚持、对信仰的坚定，李大钊沉稳走向刑场；夏明翰留下遗书"杀了夏明翰，还有后来人"。出于对真理的坚持，对信仰的坚定，牛虻赴死如同散步，嘲笑敌人枪法不准；切格瓦拉转战多国，不肯投降；李卜克内西在狱中写下"纵然把我粉碎，我也绝不低头"的豪言壮语。向阳思考，使我们无惧任何黑暗的威胁，在黑暗中高举一把把火炬，在人生的迷宫里寻找出路，在历史的迷宫里寻找出路。

向阳思考，从人文素养中汲取力量，在迷惘中质疑臆造的错误结论，在生活中做一个不屈的战士，在困难面前做一个乐观的勇士，步履坚定，长成一个郁郁葱葱的人。

在一颗小星星底下

——我读辛波斯卡

原谅我

"我为自己不能无所不在而致歉。"诗人向巧合致歉，向谬误致歉，向时间致歉，甚至向万物致歉。看起来它们都是抽象的，与我们毫不相干，而著名诗人辛波斯卡读懂了它们，向它们诚挚地道歉。

诗人以致歉来表达自己对世间的认知。我认为，在诗人眼中，分分秒秒都是美好的，而不应疏漏。马克·吐温曾说："生命如此短暂……我们只有时间去爱，一切稍纵即逝。"爱和美好都是一瞬的，如同白驹过隙，所以诗人"原谅我未及送上一匙水"给沙漠。对沙漠而言，也许是那一瞬，就能重新点燃生命的希望。

其实每一次忏悔都需要巨大的勇气。"能忏悔的人，精神是极高的。""尽量宽恕他人，但绝不原谅自己。"忏悔的高度，就是灵魂的深度。辛波斯卡向万物致歉，并非她真的对万物犯了什么错误，而是因为她站在人类的视角、宇宙的视角，塑造一个全新的自己，去看待这个世界。卢梭说："这是世界上绝无仅有、也许永远不会再有的一幅完全依照本来面目和全部事实描绘出来的人像。""在春风得意之时，悔恨酣然沉睡，而在困苦潦倒之时，它会带着痛楚的知觉醒来。"这是全新的人像，是诚恳而毫不掩饰的人像，它是真实的人像对自身的忏悔。人类不能没有自我批评。人类需要更清醒地认识自己，才能不断地进步。

这些文字朴实无华，不是为了无病呻吟，而是饱含着希望。那些尊严，那些真理，也许就像那一匙水，把你向前滚滚推去，一直看到成功的曙光。在这曙光中，像辛波斯卡一样致歉、忏悔，更无畏地向前走去。

我偏爱

"我偏爱明亮的眼睛，因为，我是如此晦暗。"

我读到你，就想到了顾城。"黑夜给了我黑色的眼睛，我却用它去寻找光明。"我们都恐惧黑暗，害怕黑夜。在二战结束后的波兰，只有一片废墟。诗人的眼里或许也没有光明，困难艰险覆盖了这个国家。也许是一双明亮的眼睛，就能唤醒深藏内心的希望与勇气。"与其咒骂黑暗，不如燃起一支明烛。"乌云只可能遮盖一时，并不会长久。内心能脱离黑暗的人，心中必有无限光明。我偏爱，偏爱明亮，偏爱让我永不放弃的明亮的眼睛。

"我偏爱，瓦塔河边的橡树。"每每念及于此，舒婷的《致橡树》似乎又浮现出来。我想，诗人也许有过轰烈的爱情，以高大的树的形象站在爱侣的身边；也许是热爱故乡的情怀，爱着这片土地，坚守在这片土地上。像费孝通先生一样，从乡土中来，到乡土中去，战乱已过，家园重建，不可以逃避，不可以离开。越是需要人的地方，越是有更多人冲上去。每一片土地，就是每一个民族的血脉。"一切来自土地的都将回归土地。"

我偏爱你，偏爱土地，偏爱土地上不灭的光明与温暖。

在同一片星空下，同一片土地上，我希望，我们都有所偏爱，有所忏悔，我们都向往光明，相信爱的力量。

楚门、娱乐和我们

　　我们应该反思的是，我们生活的世界是否是真实的？在《楚门的世界》中，楚门生活的桃源岛是被人为设定好的世界，一切都在按部就班地前进，楚门被各种方式加以束缚。但是楚门的世界难道不是我们的世界吗？

　　如何看待楚门的追求？是去除虚假而奔向真实？电影《楚门的世界》中将虚幻的"神"人格化，以夸张化手法更增加了祛魅的效果。令人印象深刻的是电影里楚门希望像麦哲伦一样去航行，被告知世界已经被人类探究得彻彻底底；希望到斐济去旅游，却又遭到各种各样的阻力。正如导演对楚门说的那样，桃源岛虽然虚假，但很幸福；外面的世界虽然真实，但都是大风大浪。但实际上，真实的意义不是对大风大浪的畏惧，而是对大风大浪的挑战，在挑战当中找到自我价值和意义。真实的意义在于挣脱虚无的幻想，挣脱虚空的枷锁，打破虚假的迷信，在于人生意义的重新实现。虚假但很幸福的世界最本质的局限性在于它的世界中的人并非真正意义上的人，人只能享受暂时意义上的愉悦。为什么说是"暂时意义上的愉悦"？虚假带来的愉悦只能局限在虚假的世界中，而虚假世界的构建一定是有缺陷的，因为真实世界的元素无法完全进入，甚至有强烈的割裂感。

　　从侧面思考，我们很多人其实也是生活在楚门的世界当中。周围的人劝阻楚门出游的各种借口，房、车、财物诸类，难道不也是束缚我们通往另一个真实的世界的各种阻力吗？这个简单的逻辑却把我们深深困住。我们说要祛魅，要去除事物虚假的表象，抓住它的本质，却时常沉溺在各种媒体当中，沉溺在自己的信息茧房当中难以自拔。我们将自身置于虚假的信息孤岛中，自以为通达天下，也许我们这代人走出信息的楚门的世界，显得更为困难。每每想起楚门要离开这个世界时的场景，我就想起叔本华的话，"生命如飘荡于大海的小舟，人以自我意志为舟体，面对大海的波涛汹涌。"但是我们走到最后，有多少人能以当初的自我意志为舟体继续前行。

　　楚门的娱乐节目正如同网络窥视一般。网络对我们的喜好掌握得无比透彻，陷入网络时间越久，我们越没有自由选择的权利，我们在娱乐至死的大环境下要么随其流而扬其波，要么完全独立于世，而后者往往难以做到。我们中很多人也是楚门节目的观看者，是没有感情的看客，用他人的不自由换来自己精神上庸俗的愉悦。电影的最后，两个看客感叹楚门的节目结束后，却继续寻找下一个新的节目，这不得不引起我们的反思。我们精神上庸俗的愉悦是什么？

　　有时抬头想想，我们不仅仅可能是楚门，还可能是那些节目的看客。

走出书斋，走回书斋

走出书斋，是去阅读社会这本"无字之书"，在实践中磨砺；走回书斋，是在把握认知主动权背景下，提出问题的解决方案。走出书斋走回书斋，是一场成长蜕变之路，在独立清醒的认识下人格的成熟。

走出书斋，不是拒绝知识，更非停止思考，而是主动脱下孔乙己的长衫，走出楚门的世界，投身到广阔的社会实践中去。"行得一事，即知一事，可谓真知矣。徒讲而不行，则遇事终有眩惑。"到广大的社会去实践，主动关切百姓大众的需求，以人民为师，方能跳脱出自命不凡的误区，解开身为有才干的青年傲世的枷锁，在沉默而不平凡的岁月里，接受实践的磨砺，接受社会的磨砺，唱出强劲的青春之声，塑造立体丰满、大有可为的青年形象。

走出书斋，是有效地将外在的人文知识归化为人文素养，将机械的理科刷题上升为价值理性，最后服务于人本，走向人本。知识是外在的东面，是材料，是工具，是可以量化的知识；必须让知识进入人的认知本体，渗透生活与行为，才能称之为素养。

在实践中，我们可以充分发挥知识本身力量，在实践是检验真理唯一标准的指导之下，不断强化外在知识体系的内涵与逻辑，指向知识素养。君可见伴随几十年的考察，郦道元写下《水经注》山水之状，莫不囊括；君可见王守仁走出书斋，在龙场、江西、朝堂间流离，竟在实践中成为一代文武双全的圣人。走出书斋，在社会中实践，是与过去那个个人中心主义的自己决裂，对"人"的终极关怀，对知识素养的深刻内化推动个人成长、社会觉醒。

走回书斋，是在独自探索社会、共同实践社会后，以自身素养为问题指路。费孝通在《乡土重建》一书中指出，历史并不经常是合理的，但任何历史情境中总包含一条合理的出路；一个被视为书生的人，有责任把合理方向指出来。北大马院学生王俊到乡村小学支教，以走出书斋的胆识抓住制约农村教育的本因，回校后继续深入研究，寻找对策。走回书斋，是一种履行职守的尽责，是心亲苍生的胸怀，是作论每思苍庶盛，读书不为稻粱谋的视野。

走出书斋，走回书斋，是个人在认识和实践之间反复横跳，反复历练，在伟大新时代下砥砺自我、踔厉奋发、奉献社会，在人的终极关怀和国家的忠诚事业中谱写属于自己的诗篇。

人工智能与工具理性

面对人工智能的狂潮，审视个人与社会的问题将会越来越突出。工具理性和价值理性的选择会郑重地呈现在我们面前，是考验我们人类何去何从的严峻考验。人工智能本质上就是一种工具，是人类借以实现个体解放与个体自由的手段。但工具理性不一定能带来人类自身的解放，反而让人类走进了荒诞的怪圈。2024年高考有关人工智能和问题、答案之间关系的作文题，已经令我们重新审视人和人工智能内在的关系，并且将会坚持下去。我们的价值需要什么来组织构成？人和人工智能内在的关系最终指向的还是人吗？

生产力本身的进步是横贯人类始终的，也是人类社会发展的动力。但是，一些立足于生产力上的理论却容易跑偏，就像伴随着近代而兴起的科学理性，固然是工业革命的侧面折射，却不一定能够符合人本发展的要求。马克斯·韦伯在书中提出了"工具理性"和"价值理性"的概念，如果把"工具理性"的概念引入人工智能的大时代，我们就会发现，也许还会有深远的意义。

在将要到来的人工智能时代，大时代下"工具理性"会有什么样的表现？我们的工具可以回答大部分问题，会提供海量的信息资源供，但是人的机器化、人的异化将会是一个十分突出的问题。人的异化问题中，除了劳动异化，又将面临信息异化的挑战。人工智能的机器化趋势具有强大的扩散作用，人工智能强大的信息整合能力将会影响我们的方方面面。如果人工智能的工具属性渗透入经济、人际关系等各个方面之中，将如何改变我们的社会？

在资本主义社会中，"工具理性"带来的是官僚制度的普遍化和现代铁笼中人的异化，这便是机器大生产的必然结果。机器大生产时代对效率的追求，必然要求产生资本主义高效政府，催生了西方的文官制度；必然要求人的异化，成为《摩登时代》中的机器化的人。社会问题的诞生，便是生产力发展的结果。那么，这场新的生产力的飞跃，又会给人类带来些什么？

人工智能本身虽然具有一定程度上的创造力，但归根结底思维是人类的特性，人工智能仍然无法离开人的掌控。人工智能必然能提高人类的效率，但是也暴露了许多问题。曾经有许多教授担心学生使用ChatGPT来完成自己的论文，但从另一个侧面上，这难道不是人们缺乏创造力的体现吗？论文千篇一律的现象，最终将利用新的生产力来打破。

回归"工具理性"的角度，人工智能的"工具理性"给我们带来的是进一步提高的效率，社会快节奏生活是技术进步的副产品，而人工智能的出现使得快节奏生活的一部分产生变化。许多领域出现了人和人工智能并存的局面，过往最理想状态是让机器跟上人的需求；到了工业革命时期，人就必须跟上机器了，人的劳动异化、人的机器化愈演愈烈。而到了人工智能新时代，为了跟上人工智能的速度，人类除了继续推动人工智能继续替代更多人的工作，剩下就是努力追上人工智能运行的速度，人与机器平衡与失衡的矛盾将一直在我们工业化、智能化时代发展，失衡会是常态。只有当机器属于广大人民并且机器能够胜任大部分社会工作时，人类才可以自由发展，这时候人与机器平衡与失衡的矛盾才将会消失。

人类智能的"工具理性"除了表现在对人进一步机器化之外，还表现在对价值理性的扼杀，从本质上讲，这应该也是对人的一种"异化"。"工具理性"似乎能够解决人类的一切问题，但再强大的人工智能也没有办法回答"哲学三问"——"你是谁？你从哪里来？你要到哪里去"，这是无数人在面对浩瀚星空时一次次发出的天问。因为价值理性是我们人类最根本的精神诉求，我们人类关怀人本，关怀人的最终归宿，关怀意义和价值。

重新审视人工智能的挑战，回归论题，我们的价值需要什么来组织构成？人和人工智能内在的关系的最终指向还是人吗？我们的价值需要的是客观、理性、人本，但不是简单的"工具理性"的理性，不是科技工具的客观。我们更要有将一切内在关系重新指向人本的勇气和智慧。机器本身无法体验人的生老病死，没有人的意识，没有喜怒哀乐。即使有生产力带来的异化，但人本身也可以有所作为，寻求从"哲学三问"中寻找自己，去除"异化"，去除"机器化"，回归到价值理性。

第三辑

野　稻

我佝偻着身子在天地间劳作
继承父辈们谦恭的背影
用尽一生的所有气力
打理这片立着高楼的土地
田野消失　熟悉而陌生
我以为，野稻的生长机缘巧合

五百年后，或是一千年后，高楼倒下
一刹那的浮躁和痛苦被吞噬
换来永恒的宁静
在废墟里我看到了祖先的遗迹
野稻在一夜之间全部苏醒
灾难唤醒沉睡的先人
他们的背上长满老茧
早已扎根的榕树种子破土、发芽、长出叶子
传来远古飞鸟的哀鸣
在废墟上，雨打出汗水的印记
证明曾经被遗忘的他们并不甘心
写满风和太阳的手握紧锄头

从前的爱情很简单
一辈子，两个人和几亩地

我端详这片曾经的春天
他们用笑声、哭声、沉默
祭奠天地、鬼神、先人
打磨炊烟、古井、危桥

我赤裸着身子在天地间劳作
像祖先一样
打理废墟里的土地
我以为逝去的已经重生
却被认为是一个疯子

站在故乡山峰之巅

站在故乡山峰之巅

挣扎的内心想起一些曾经的事

风便把鸟的呜咽斩为两段

所有的泪水都将化为虚无

开遍山野的那些粉红的花

都将不可能会被送出

运动的一切在这一刻悄然无声

烛光在梦里摇曳

站在故乡山峰之巅

一切都将埋没，而记忆永存

桃花便簌簌地落满下山的路

是谁主宰了土地

让河流滋润清晰的眼眸

寒冷在松子上晕开

桀骜不驯的凉意袭击了风的君王

让天地的哭声停下来

而我却看着一只雄鹰飞去

和我的影子重合

我想要走

我想要走，走出这矮小的土墙
人类几千年狭小的一束亮光
从路口的分歧到小道上的迷惘
奴隶和封建一直隐匿在墙中
我想要抛开这拘泥一格的思想
这虚假的眼眸和沾血的刀锋上
因为大同里的大同有一丝希望
把王侯将相驱出我们的信仰

我想要走出这地方，我已落伍
墙外有我的故乡，它已
早早拆去了墙，土地上的人民已经完成了反抗
一颗被各种鸣笛腐蚀的心还有一丝良知
它要守住红土地还要发展红土地
和让一切沉睡苏醒
我想走，挣脱一切奴性的枷锁，在故土外
还有那么大的世界里那么多没有明天的人
有那么多的我刚抱住解放一切的思想
有那么多的我要去给他们解开枷锁

我想要走

因为那一束光已经为我打开新的世界

九千九百九十九米的高山上

梦把我抛在九千九百九十九米的高山上
反刍的雪掩埋了两本书
一本叫《庄子》，一本叫《易经》

北溟和南溟的交接处
是庞大的钟磬
鲲鹏睥睨乾坤
在我身旁自作缧绁

这里雾霭幽阒如山
这里没有谶语、梵文和神祇
只有雷啸、天堑和比酒还烈的雪
饿殍的山中没有执龟的龟裂的手算卜
飓飔蹁跹瑟瑟

孤独之美
绝不能失去土地
鲲鹏的梦魂扔我下了桑梓地

许由在洗耳
洗了五千年
只要陶潜不死
每个干净的子时都隐逸着一颗干净的星斗

我本清都山水郎

远行，方有一种心境
无论路上荆棘已经挺立
风雨已经摆好了架势
告诉自己
再重的担子，我不会放下
再严峻的战斗，我不会退缩

心中要堆满光明
走到哪里
都要把黑暗突破
告诉自己
扬眉剑出鞘，我哭豺狼笑
用春暖花开
给每个冬天画上一个完美的句号
心中，自有一个不可战胜的夏天

年少时的初心，请不要忘记
不要让岁月磨去太多棱角
出门，再大的风雨

不带伞为好
告诉自己
我本清都山水郎，天公交付与疏狂
你可以读一辈子辛弃疾
你可以当一辈子陶渊明
飘飘乎，浩浩乎

接受孤独
独自去想些事情，看看天空
告诉自己
让风雪归我，孤寂归我
正我心，修我身
温一壶月光下酒，一醉方休
孤独，是人生的礼物
生来，便是品尝孤独
生来，便是品尝无尽苦味

别忘记自己的抱负
会当水击三千里
匹马戍梁州，气吞万里如虎
告诉自己
为有牺牲多壮志，敢教日月换新天
去与天公试比高
去用热血和汗水浇灌这片土地

去看看这个世界
享受自然的美妙
晨起看雾，如仙境一般
苍山如血，残阳如海
告诉自己
红砖白瓦就是幸福
清新的空气也是幸福
迎风而饮，痛快淋漓

多读一点书
多写几个字
等待一场流星雨
等待夜半的风声
告诉自己
我本清都山水郎
诗万首，酒千觞
且插梅花醉洛阳

风

疾行何匆匆！我愿从君征

共折花和柳，共戏蝶与蜂

来画炊烟图，来灭盏盏灯

奔腾擒日月，野马入梦中

敢问君一句，君与谪仙相识否

若是那天帝来时，我等亦如此猖狂乎

蝉

知了，知了，知了
振翅声自高
夏暑多炎热
来去更自由
只怜秋日早

读封建史

近似于正弦函数的图像
天色变黑
早在黎明埋下伏笔

送走黑暗，迎来另一个黑暗
不是没有永远的光明
黄昏是答案
黎明是绝望

藏在古厝里的秘密

路过它
新鲜的风
已是泛黄的烙印
初生的雨
注满犹新的回忆
矮小的草和光滑的苔
写满了脚印
石板上
刻着岁月的皱纹

午后的阳光
在砖瓦上荡起清波
砖瓦缺了一角时
松鼠便消失了

聆听古厝
闻到苍老的气息
安静的曾祖母
已经年逾九十

树茂盛地开
也许是听着传说长大的
在灵气的大地
如同教徒般
谨慎地颤抖
话道来
有些扑朔迷离——
几百年前神话里的荒唐
竟是今天科学的定论

也许这不是神话
而是看透世间的预言
也许这不是巧合
而是智慧的凝成

龙眼将要挂满梢头
花香已经融入空气

送给了风
人间的幸与不幸仍在继续
古厝的秘密被长久封锁起来
藏着百年来的欢乐与苦痛

灯芯即将燃尽

有谁看见，那一盏油灯，灯芯即将燃尽
火光摇曳中掩盖不住躲避的气力
我听见，桃花把风斩成碎片
在四月的清晨
空山落魄，柳絮全都躺在冰冷的岩石上
梦却从未开始
像农夫躬下身子
只拾起一片片满是裂痕的哭声

谷雨才过去，土膏脉动[1]
在雨中对话稻田
却似乎是哧哧的笑声

似乎把我当作早熟的脊梁
似乎说我活不过四月，早早夭折

我行走在四月
赤裸裸地让风雨撕扯
我曾以为再无力反抗

谁知道春天的一切正被无数的我覆灭

我伤痕累累，走向夏日

心缺了一道口子

却拿拳头仔细缝补

也曾想黑暗不会再来

也曾想若我长眠于黑暗，便无需有对光明的渴望

我决定去做那只快活的牛虻[2]

在四月的夜里前进

浑身污泥，却从未失去过内心

只是筋疲力尽

我看见了，那一盏油灯

灯芯仍在燃烧

注：

〔1〕土膏脉动，"三月中，自雨水后，土膏脉动，今又雨其谷于水也。盖谷以此时播种，自上而下也。"（《月令七十二候集解》）

〔2〕牛虻，伏尼契小说《牛虻》中的主人公亚瑟。

清晨，是一个节日

我问花

花不开

我问草

草不答

我问风

风走过，悄悄地

我只好问我自己

我自己还睡着

云霞躺着

把浑身烧个通红

鸟儿啼着

终于唤不起花来

该缄默的已无言

该喧嚷的

却不愿打破这片沉寂

只能让它更模糊

更悠远

清晨

是一个节日

是无数青年的朦胧

在短暂彷徨之后

就会迎来生机

春分的初放

寒食的哀痛

生命的无常

在一直跳跃

我抓住生命的跳跃

一个个音符溜去

节日睡着而我醒着

匕　首

——写给在黑暗中寻光明的人

你不知道，那灰蒙蒙的雾并不是贸然升起
它从山上下来，睁开狰狞的双爪
它从四周包围
像苍老但仍锋利的匕首
步履小心却让风轻轻颤抖
饱含激情刺向每一处晦暗

也曾害怕过，恐惧过
雷雨交加的夜晚
也曾躺下，闭上双眼，等待雾的窒息
也曾细数过往的美好，等待死神的请帖

你终究是你，不能眼睁睁地看着黑暗席卷世界
让雾逼近你的同胞
像锈迹斑斑但仍锋利的匕首
背起苦难与疼痛继续前行
在这孤寂的荒岛上，你想
可能还居住过保尔、亚瑟和切格瓦拉

毒虫的撕咬，饥饿的煎熬

雾的碎片被温柔的大地埋葬

匕首已不再锋利，迟钝而机械地抗争

头晕目眩

似乎有一缕光明照进

有无数条船只正在靠近，也正在与大雾搏斗

直到雾散了，我们登上了荒岛

匕首重新回到鞘里

无数条船都在欢呼

你满脸风霜

灿烂而疲倦，看着我们

松　了

在某个没有姓名的夜晚
我透过扭曲的窗户
看到秩序井然的世界

我的灵魂里有一颗螺丝钉松了
痛苦的肉体四分五裂
思考已经静止
我恨门前那石板上
曾用泪水淹没理智

只要你愿意
杀死一颗心灵只要一瞬间
而你剩下的人生
都将填补自己的心灵

夜

凌晨三点

莫名醒来

空调的声音

夹杂远方的呼唤

床边不存在的影

似也晃动了

床头

笔和书摆着

刹那

又是一片寂静

这么深的夜

还有人醒着吗

是在为生而奔波吗

还是为死而彳亍吗

突然想起《阁夜》

杜甫已经睡着了

可是

他的卧龙和跃马
生前
是否有一个夜晚
在千年前被唤醒
无缘无故被唤醒
突然迷惘

蒹 葭

大江横亘
沙洲上的蒹葭越长越盛
你在那头，有山有水，阳光正好
露水还未褪去
淹没了我孤薄的背影

我想说爱你
我想有一次完美的邂逅
可是江水已没过了我的肩膀

逆着水流而去
却突然找不到沙洲
我曾以为屈原一定知道
他却在拾捡灵魂
那么缄默

只好回头走去
江中的佳人若隐若现
我曾以为贾生一定知道

他的笔迹模糊
什么也看不清

兰草和艾草一起生长
麦子拥抱土地
哪一朵莲花曾碰过你的纤纤玉手
一场大雨打湿了我的衣裳

大江孤烟落日黄昏
明明是夏天却冷得刺骨
明明是晴空万里却双眼模糊
想要离开这条江
却又不舍
甚至怀疑我脚下的土地
和我那颗爱你的心
是否被蒹葭遮掩了

永远，我等

渔舟唱晚

夕阳把晚风带得很远
黄昏是一个迷惘的季节
江水边的蒹葭
依旧苍苍
无数骚客文人
举酒，挥向江水

我们是何时相逢
渔舟阵阵淹没
高歌的声音

也许是春秋
你是范蠡
也许是盛唐
你是王勃

你一定听过屈原的悲歌
你一定埋过项羽的鲜血
雄姿英发都已逝去

只留下千年不止的惊涛

欸乃一声
黛绿的山水熊熊燃烧
君住江头
我住江尾
共饮长江水

渔舟逐水，春山相夹
等待江南
醉卧吴宫
醒来才知道，越王已破吴而归

仰天长叹
渔舟收尽了帆
晚风里的歌不停，一支接一支

最深的黎明

黑暗的镜子是我
绝望的风遍体鳞伤

谁都无法宣称
让自己登基
做黎明的君王

最深的黎明
就是西西弗斯的臣
无时无刻不在
把希望的石子掷向绝望的深渊

黎明是太阳的使臣
它的颜色却属于昨夜燃烧的蝴蝶
它说，我不想死
它那红中带黄的鲜血喷涌而出

每个人都曾是黎明的孩子
最深的黎明才刚刚开始

人们并不哀伤
也不欣愉

人们总把太阳当作光明的王
其实太阳与人们一样
都是黎明的宠儿

只是
太阳接过了黎明的接力棒
人们则轻装上阵
漫无目的地向黑夜扑去

凌晨五点

凌晨五点
大地的心脏，故乡的脉搏
平静地一起一伏

被初露微光的天地包裹
飞快的车辆如飞而驰
只剩下背影
在青草上掠过

晨起的农人
已匆匆下田
露水正浓
或要赶到集市去
或是经营新的生命

月犹在
皎洁的清光
早已与天光融合
行人匆匆

微光急闪急灭

远处的楼房参差不齐
星星灯亮
在灵动的水上
在烟雾氤氲的山前

狗在田间狂啸
路灯永远是寂静的
早晨的烟火燃烧
人们从此走来
烧到云霞里

一只鸟独自飞过长空
孤独的影
留下生命的跳跃

我想此刻
江上还有风在
千万船只靠岸
我想此刻
山上岩画还睡着
生灵已俱是喧嚣
生命的帷幕已被拉开

行人留下更多背影
轿车扬起满目灰尘

在一个以东八区为标准时间的国度里
一个被我叫作故土的地方
凌晨五点
寂静与喧嚣
平静与悸动
繁忙与睡梦
灵动与雄伟
交织在鸟鸣，天光，柔风和行人的梦中

工

没有任何装饰
两横，一竖

是铁路的一角
是大厦的一片砖瓦
是雕塑的一块基石

是背影
低微地站在流水线上
是禾苗
千篇一律地弓着身子

没人会在意那些
千篇一律的沉默
千篇一律的机器声
千篇一律的灰头土脸

但一定有千千万万人知道
你们也会愤怒

历史已经证明，所有的你拼接在一起

像刺破苍穹的剑

秋

秋还没深，或许也深了

于是风也学会了哭泣

鸟也学会了写诗

大地上丰收被割得那么早

黑夜来得那么早

落叶蒙上单调的色彩

呼唤黎明却没有力气

一个人在秋的黑夜里行走

就已经配上了刀和剑

让所有习惯光明的眼睛洗涤黑暗

让所有习惯自己的心灵洗涤自己

星 空

我化作一颗流星
一颗寻觅世间的眼睛
在子夜的天空

远山被我染成蓝色
树木像水草一样生长
我把这里变成大海

本应喧嚣的世界
回归宁静的大海
低头一看
早已没有人的身影

车马已停
世界里的波涛翻滚
在这星空里
我跌下来
化作美丽的梦

梦

从前的巷很长，很长
背着奶奶
我推着自行车，偷偷地
我来到江边
水波不惊

正午的太阳真大
笔从兜中溜走
蹦跳着
从台阶滑下
滚进一户人家的阴凉里

从前的巷很长，很长
我有一只手
还搁在奶奶的自行车上

致 王 维

大漠孤烟都只是传说
目送着归雁悄入胡天
辋川才有竹和月相伴
渭城朝雨可否记得你
无须备酒
行到水穷云起处谈笑
我长啸，你抚琴

致 李 贺

蘅塘把你忘却

三百首唯美人间，却无一家是你

掸一掸灰，我扶你起来

回到大唐的战场举酒痛饮

再听一听狼鬼的哭嚎

就这样，无声醉去，不愿再起来

游荡的灵魂

我的灵魂摔了下去

它，游荡在裸露的细沙上
它，游荡在贫瘠的土地里
带着富饶和贫穷
带着痛苦和欢欣
继续游荡着
在江中
在巷里

它反倒躲到了深山里
朦胧而黛绿
它一定不认得我了

我去寻它
我也躲到了深山里
我也变得朦胧而黛绿

土地的心跳

太阳老了，只剩下余晖
月亮急了，爬上了黄昏
我听见
土地的心跳
在不断加速
而我
似乎在期待些什么
也许是生机
也许是活力

云朵正在换衣裳
霞光和群山喜结连理
许多花醒着
许多花正睡去

成片的花生
翻滚的稻海
挨挤的大豆
丝毫不知道

镰刀的逼近

在落日残霞里

死亡并不重要

只要是熠熠生辉

而直挺挺地倒下

要让这里

完全属于坚韧与顽强

无私与无畏

草被打上泛黄的烙印

一大片一大片正在燃烧

这火烧遍了原野

烧遍了古老的村落

烧遍了万水千山

火烧进了土地

烧到了土地的心脏

迸裂的岩浆一触即发

心跳愈加迅速

愈加明显

颤抖着，痉挛着

悸动而喧嚣的生命

石 径

偷
浮生半日
烟
被拉得很长
迅速变淡
草木茂盛
青苔遍布
鸟
鸣喈唰啾
花
恣意蔓延

缓缓而行
倾听花开的声音
把天空
渲染得无比灿烂

一草一木一片天
那是篆刻
记录过往历史

我 选 择

我选择孤寂

我选择晨起看竹，烟光皆浮动于枝叶之间

我选择古籍，毛笔，浮光

我选择残月里砍不尽的桂树

我选择向苍天问卜，把明月清风握在手中

我选择在齐闻《韶》，不图为乐之至于斯也

我选择逃离我自己，时而飞，时而走，来去无碍

我选择令盲者见众色，是故得成此光明

我选择冷冷清清地风风火火

我选择饱食而遨游，泛若不系之舟

我选择从前慢，车、马、邮件都慢，一生只够爱一个人

我选择起风于北溟而终于南溟

我选择煮云为酒，煮雪为茶，与明月畅饮一觞

我选择松花酿酒，春水煎茶

我选择今日风正好，旧时月色却又来

我选择路遥遥，水迢迢，山依旧好

我选择鸢飞戾天，鱼跃于渊

我选择入山唯恐不深，离世唯恐不远

我选择试上超然台上看，且将新火试新茶，诗酒趁年华

我选择令入无余涅盘而灭度之

我选择坐于亭中，觉山色皆来相就

我选择山中静坐，鸟鸣不绝于耳

我选择秋风

我选择秋风

选择易水河边那一曲悲歌

我选择刘郎才气，江淹未老

我选择峥嵘岁月，无限江山任指点

我选择波心荡，千山冷皓月

我选择十里扬州，桨声秦淮

我选择大散关头，郁孤台下，千里关山

我选择挽雕弓，射天狼

我选择月冷龙沙，尘清虎落

我选择长啸，怒发上冲冠

我选择雨打风吹过的古城

我选择用热血和汗水浇灌这片土地

我选择归鞍到时，读书不觉已春深

我选择残阳如血，苍山如海

我选择与天公试比高

我选择一帘秋霁，快马踏破夕阳影

我选择大江东去，大浪淘沙

我选择金戈铁马，不破楼兰终不还

我选择将心事付瑶琴，声裂而弦断

我选择明月楼高，把酒祝东风，且共从容
我选择与辛弃疾共饮，一樽还酹江月
我选择古柏森森的丞相祠堂
我选择大漠孤烟，归雁胡天
我选择抽刀断水，借酒愁销

我选择孤独

我选择孤独

我选择那写了一半的诗，读了一半的书，燃烧了一半的蜡烛

我选择一支笔，一张纸，一盏茶，一弯残月

我选择以一念观心，与无念相应

我选择辋川里的一支竹和一张空琴

我选择梵行清净，大智若愚

我选择知行合一，格物慎独，止于至善

我选择独上高楼，冷月无声，东风吹破千行泪

我选择从前慢，车、马、邮件都慢

我选择一个没有结局的邂逅

我选择观风听雨，温一壶月光下酒

我选择人间有味，最是清欢

我选择记忆像铁轨一样长

我选择一把扇，用岁月在上面写字

我选择在沙漠里拾到一枚贝壳，海浪冲上来一本腐蚀的旧书

我选择愁予江晚，走一条小巷，抹去记忆的灰尘

我选择青山元不动，白云自来去，一丘一壑也风流

我选择光的触须，雪的面目，云的声音

我选择看山还是山，看海还是海，花谢水流人自凋

我选择黄昏、清晨和午夜

我选择十月蟋蟀入我床下

我选择料峭春寒，一蓑烟雨任平生

我选择偷得浮生半日闲，此心安处即吾乡

我选择行到水穷处，唯我一人独坐

我选择忘记自己，忘记世界

我把土地埋进身体

土地
我躺在土地上
稻田密集
麦子如流出的血
蔓延
我和土地融为一体
我把土地埋进身体

我意识到
麦子是前生
煤矿是归宿
在不受脚印污染的
亚洲铜上
草和麦
同样吮吸天的甘露
爱着大自然
也被大自然爱着

来世

我愿在田中
当一株香艾
让千年不灭的屈原
带走我
在那汨罗江上

我把土地埋进身体
用血液
浇灌土地
收获灵魂的麦子
而灵魂
永远在土地里

灯立着，在夜里

举头，看不见月
黑夜占顾了整个大地
台阶涌动
路灯如月一般皎洁
微光轻颤

大海裹挟月光
匆匆的学生顺流而上
背影已被吞噬
再没有生命的悸动
在同一港口里
去各自的宿舍
去自己的人生
去把一处处黑暗点灯
烧起光明　烧起希望

黑夜拉远　时间拉长
天下没有不散的筵席
再繁忙的世间终有小憩的那一刻

路灯犹在
凝视着你们
为梦而匆匆的人们
一切复归宁静
灯立着，在夜里

二 月

清晨落叶满地
南国的风从红豆里吹来
告诉我，你来了

从混沌鸿蒙中走来
明净纯真而不知耄耋为何物
庄生午后的蝴蝶
蹁跹起舞

望帝化作杜鹃 无言而默
在缝隙中活着
且在黄帝陵前抔土一抛
伤着了飞来的"梁祝"

土地上，篝火的青春

血液

燃遍天空

那是篝火

风华正茂

就是

每一星转瞬即逝的火苗

不断燃烧

新生的力量

正在疯狂成长

我愿当一只飞蛾

一只带着使命的飞蛾

在无穷黑暗里挣扎

心中有火

心中有光

自能挣脱束缚

挣脱万年遮掩的黑暗与沉默

我已决定

向火而生，向光而生
纵使火已烧灼了我的翅膀
纵使火已蒙蔽了我的双眼
纵使火将夺走我的生——
我依然会用
微弱短暂的爆炸声
去证明——
我活过

若我未死
篝火已灭
我愿再造一丛火——
可能不会实现
但——
在黑暗中
怎么只能让我扑向光
而不是 让我再建一处光明
哪怕只有一束微弱的光

笛 伤

——改自《春夜洛城闻笛》

星夜无风

旅人难眠

只怕美丽的梦留下美丽的忧伤

笛声难断

愁绪湮没了所有的冥想

千里迢迢离乡

江南灞桥襄樊洛城

下了吗正值深夜

万家灯火

敢问谁染枫林醉

总是离人泪

少年不识愁滋味

总以为错过了落日余晖还有满天星斗

《折杨柳》

那柳枝刺心的痛

再回首

灿若星空的一个个故乡黎明

安静到已经找不到彩云的背影

四 月

万里无云像亘古的蝉鸣
群鸟熄灭
生命茫茫，付与黑夜茫茫

四月，人间和太阳一样幸福
卖早点的小店冒着热气
赠送日出和朝霞
灯火亮了一整夜的面馆消瘦

四月，人间和太阳都变慢
在荒芜的乡间古道上
夕阳看着自行车缓缓地穿过死胡同

四月，我要去看看太阳

连不成一首诗

风不想撷取叶子

草并不喊痛

白昼没有路灯——依旧明亮

我走过去又走回去

有人欣喜——他们听见了歌声

我注视每一个过往的陌生人——

突然觉得每一个陌生人都是我

人生是诗的片段

也是一个圆

圆上每个点联成一首诗

终点也是起点

月

天空挂了一轮月

它会变魔术

有时候它圆得像盘子

洁白得像玉块

亮得使人的眼睛睁不开，星星的光芒收敛了

人们仰慕它

人们欣赏它

而它似乎有无限精力

会永远，永远这样

但，有时

它残缺了

星星的光芒与它相当了

它像失去把手的镰刀

不再发出耀人的光芒

它只能洒下些许的月光

皎洁却不易察觉

人们只能淡淡地说，是一弯残月呀

可待到消失时
连个背影也没留下
满空的星眨着眼
闪烁着
人们说，星星真多，真美

然而这位魔术师
已被全然忘却

也许多少年后在我重审一生
将会发现
人生就是这弯月亮

山水何方

我是山水的君王
无数个我，无数个形态各异的我
长啸，喝酒，吟两句不押韵的诗
从天上跌下来

王公贵族的车马辘辘而过
扬起了黄沙，排场似乎很大
黄沙迷糊了我的双眼
溅开了我的美酒

醉眼迷蒙，穿着谢公屐
登上层云

若要说天下才分十斗，我也可以占九斗
天下人共分一斗
我拿起风和雨的令前，颤颤巍巍
一月了，桃花不来，梅花依旧
投下去

感谢玉帝为我建的王宫
可是我不喜欢
风雨疏狂
我喜一欢拾一片梅花，喝千觞的酒
在洛阳城的街上睡一觉

月光碎了，一个便士也没有

我害怕成为斯特里
我又渴望是斯特里
于是我去寻找一个支点
在天平上
月亮与六便士
光明与平庸
能完全平衡

我拔出刀剑怒吼
拿出书卷怒吼
像夸父，像精卫，像普罗米修斯
逐日，填海，偷火种
不希望哪里跳出
德克
来发现我

我拿出账本来
拿出算盘精打细算
柴米油盐

一斤，两斤
三十，五十，三百元
却也希望哪里跳出
德克
来关心我

矛盾成了阻力
蓦然回首
一事无成
月光碎了，一个便士也没有

黎明正无声到来

沾着朝露的乡下
卷起沙尘的路上
昨夜里留下泥泞
野草在路缝挣扎
一群人和远方的山峦正在沉睡
一群人刚离开田野

黎明正无声到来
太阳光还在远处
一片银丝任风侵略
稀疏，像暴风雨后的树林

你们有一样的服饰，一样的身躯
弓着背，推着满车的菜向我走来
沉默，不说话
我从来都没关心过你们
没关心过你们的一车菜能卖多少
缓缓走过
那面孔是那么陌生，又是那么熟悉

像稻草的气息

你们有一样的皱纹，一样的笑容
皱纹里写了多少故事
多少市井人情世故
我从不了解
我只知道
你们的笑容仍是那么淳朴
我想
不是你们耕耘了土地
而是土地洗涤了你们

在黎明快要到来的时候
我看到了
在我身上那深藏十几年的基因
所有对土地的深情
正悄悄唤醒

田野里，稻麦相形

曾经的河道
已稻麦相形
诗和远方
从这里开始
在这里结束

悸动的日光
荒唐的月色
轮回里的风
抹平一代代人的记忆
喧哗的血液
嚣狂的心脏
疏放的眼神
多少代人
都是这样看着田野无际的尽头
那里是青春的梦
是诗和远方
生在死彷徨
死在生徘徊

但——
一定要迈出绿原

可惜
远方不一定最美
在远方
你，我，他
依然
活在活着里

我心光明

千百年来
漫漫长夜终将
被黎明划破
却有一些人
注定没有曙光

尝试黑夜
眼前一暗
千万心绳拴紧

不敢向前迈一步
黑夜中
处处都似深渊
一步雷池即发

与电灯杆相撞
金属与肉体
无情与彷徨
火花却使心更迷茫

小心走着

一如同初生婴孩学步

踉跄

如同挤在巷中

也许左边是屋

右边是墙

而前方

可能是无穷尽的黑

手摸着石块

享受万年留下的

历史积淀

"日知"的轮廓唤醒我

你今天该知道

黑暗是何其苦痛

而我

必须加入

提灯的天使

我闻不到任何气息

固执于黑暗

却不知万物的生命

我
不知终止地晃

我心须光明
待重见光明
一切的一切
陌生而熟悉

我心光明
而愿为黑暗提灯

我多想写下你——故乡

我多想写下你
羸弱的笔尖
却刻画不出
你奇壮的背影
你瑰丽的画卷

我多想写下你
年轻的血液
却填写不了
你辽阔的土地
你狂奔的大海

你的山是绵延的
千姿百态的
说不出的雄壮
在大千汉字里
却拼不出你

当我走向了远方

你教我怎么留下你
记忆终究会淡去
眼睛终究会遗忘

什么时候
方能
抛开云烟
在你的土地上
用手掌一一去
重温那些山
那些海
那些石头
那些花，那些草
然后，把它们装在我心里

君　王

风把山川吞噬

直到大海颠倒，天地旋转

枷锁在那一瞬间炸裂

我是大地的君王，驾着车马

在夏夜的稻田里高吟而过

披头散发，像诗人一样

有一颗烫得冰凉的心

和一双含着泪笑的眼睛

海浪翻滚，太阳光爬满夏夜

凌晨零点，无形的门被打开

一切哭泣与恐惧的呐喊

随着门的关上而消失

自由的歌声

伴随着毒蛇的死去和稻子的生长

和煦的阳光唱起新的乐章

我们都是大地的君王

自由得应有尽有

看着风和山川共舞

夜　晚

是不周山撞倒了共工
星斗为他哭泣

是洛神梦见了陈王
可惜她再也没有醒来

古代战士正慢慢腐蚀着刀剑
像在写一首不可能有开头和结尾的诗

寂静和漫长属于这个夜晚
千年前的望帝和我也属于这个夜晚

生命不死

结束于以为开始的开始
开始于以为结束的结束

生命与生命的对话
是一刹的寂静
还是一刹的吼声
逝去的生命
在永恒里不过只是一刹那
却在一刹里永恒

生命与生命间的一切
真的只能从刀剑上获得
也许还有一个平衡点
在黑暗里把光明寻找

又是一年艾草香

又是一年艾开时。

吾乡多艾草。

走到村落去，田埂间，古厝边，小路旁，只要愿意停下，即是美好的邂逅。

你与群草共饮天的甘露。在万物灵长的夏天，你款步轻摇，来到人间。你似乎与太阳是知己，当阳光最毒的时候，当人们陆续放假，藏在家吹空调的时候；当街上人少，太阳孤独的时候，你正长着，长势旺盛，或许是上天派来与太阳做伴的神灵。

你的叶子是柔软的、狭长的。你具备了诸多树叶的颜色正面是浓绿色，绿得惊人，绿得新鲜，绿得明亮，绿得直刺你的眼。不经意间一眼，即可看清数处纹路。枝干伸出的叶，如同一只只小手，轻轻挥出生命的光泽。你绿得自成一家，绿得自领风骚。风乍起时，叶的后背是淡青色的，在风中轻轻颤抖，给人以宁静幽远的感觉。靠近土壤的叶子，带点灰黑或是黄色。这是已经干枯的叶，稀零得曲卷起来，失去了虎虎生机。在远处仰望你瘦高瘦高的，枝繁叶茂，许多叶子互相依偎，在阳光下显露明亮的绿色，在风中起舞得如同翩翩的蝶，挥动着摇晃的、修长的叶，如同《诗经》中美人的手指。枝干挺立，随风轻飘，却不被折断，如同与世不合的隐士，如同一个瘦小从征的红军战士，体态小却颇有生机。你不受周围之草一丝影响，在天地间活着自己，看似光滑摸着亦是光滑，如此洒脱自然，处处真品色，处处朴实。

轻抚你，抚摸你的叶子，在我手中轻柔而舒适。时间似乎慢下，似乎停下。我轻轻享受这美好的时光。我闭上眼，听见了风在耳边飞过的声音，听见了万草共鸣，听见风在草上走过的匆匆脚步声。空气是酸甜的，是各种草混杂的味儿，只有靠近艾草方有一股浓香。这是一种令人终生难忘的烙印，一旦遇见你，就如步入仙境，饮琼浆天露，浓得惊艳，烈得惊艳。取一小片叶，洗净含入口中，品味浓烈的香味和苦味。香气飞入鼻孔，神清气爽,口中之香和鼻中之香迅速浸满全身，侵入皮肤，侵入骨髓，侵入你的心。我似乎明白，艾草为什么会拥有那么多的功效。而那苦的味道,似乎令人看见一间整日烧药的小屋，或是当年瘦骨嶙峋的李时珍。"艾，味苦"。我把叶子轻轻吐出，口中甚感麻痛，只留有一丝香。在这烈香里，我似乎听见了两千年前一位诗人在吟咏："采彼艾兮，一日不见，如三岁兮！"我似乎看见杜甫在轻沙无尘之路走马而来"风来蒿艾气如薰，使君原是此中人"，看到宋末国欲破，听见文天祥"五月五日午，赠我一枝艾"的清高咏叹……

在这片天地里，世界仿佛只剩下你。

我寻到了你，带走了你。

你很快就失去了芳香。读屈原的《离骚》，有人认为以香草美人比贤人，艾草在屈原心中只是一株贱草。我认为并非如此，"户服艾以盈要兮,谓幽兰其不可佩"，庸俗之人配艾草，不知其所用，不如明智之人脱俗，知其意也。

　　你是高洁的，俗人勿扰，庸人勿近。千年之艾，半个世纪半个世纪走了，气节不断，生命就不断，热爱土地是你的本心，离世索居是你的初恋。

　　面对这个世界无数自命清高却追求功名利禄的"隐士"，面对这个世界无数如同《北山移文》中的姓周的"隐士"，你去了鲜有人烟的地方。"问君何能尔，心远地自偏"，也许是你最完美的回答。

　　艾草千年，风雨共眠。试问天下已有甚是悠悠的历史，有多少如艾草之人？

　　吾乡少艾草，天下少艾草。

风景不一般

"十一"又逢"中秋",我从外婆家起跑。

站在路边,风声萧瑟,吹得草木摇曳。夕阳欲颓,整个村庄尤为安静。黄昏的天空如一锅燃烧的海洋,红霞如火,笼罩了整个天边。竹林林立,枝繁叶茂,自是阴凉无限。几株果树,早已不见果实,掉下来的龙眼和荔枝滚动着,把全身融入了土地。"蝉噪林逾静",林中虽说已没有了蝉,但蟋蟀声悠悠回荡,听得如此令人心安。慢慢跑,我便觉有无限趣味。

几户人家,炊烟袅袅。在老街上跑着,几座古厝,几栋小洋楼。各式砖瓦,与黄昏辉映,显得朴质,甚至透着古老。街上干净而冷清,柴火的气息散开,令人感到温暖。屋前的青石台阶,凹凸不平,残留着风雨肆虐的痕迹。"春"字贴在每一户屋檐下,各具风韵,有的人家门前的"春"字却已脱落。篱笆、曲径、墙脚,隐蔽的草,长出淡雅清香的花,似乎无人理睬。简陋中透着宁静,宁静里散发悠闲。如此安静,似乎这个村落与生俱来就要这么静,从岁月的尘埃中抖出来。藏着沧桑,那百年来的酸甜苦辣,像一缸缸陈年老酒,大家没有忘记,而是继续轻轻回味着。

跑过缓慢觅食的鸟,跑过慵懒蜷伏的狗,跑过闲逛的牛。田垄上,一排排齐整的犁过的地,农人正辛勤耕作着。有的农人打开了水，开始灌溉，从田垄上缓缓下来。天上已有些许残月，可谓是"带月荷锄归"了。花生在地里饱饮甘露，与风共舞。

夕阳挣扎着，留给我最后的余晖。我朝着山的那个方向奔去。山顶笼罩着渐褪的云霞，山腰被白云生生斩断，好似仙境。桉树扎根在岩石之中，松树像贤者一般临于高地。风从山的脊骨上传来，带着花草混杂氤氲的气息，飒飒而过。浑身便浸在温暖和最后的光明之中，久久难以自拔。面对这些连绵起伏的群山，我就是初逢桃花林的渔人，沉醉其中，跑着，跑着，极力要靠近山峰。

山底之下，泉水击石，泠泠作响。抚摸着石头，青苔密布，软软的，在粗糙中写满光滑。无法想象，这些轻轻一刮就掉落的生命，与这些石头一起度过多少风雨冲击洗刷。"秋山明净而如妆。"已是秋日，山是那么明净，把大自然之美表现得一览无余。

我停下了匆匆的步伐。山，独立于天地之间，真实、洒脱、淡定，是隐者的桃源。静下来，听谷中松风，便觉世事皆与我无关。"鸢飞戾天者，望峰息心。"在这里，我并不是"戾天"的飞鸢，而是《诗经》中飞于天的鸢。山是那么神秘，如同晦涩的《易经》一样，难究其深高。一切都静下来。鸟叫虫鸣，更添无限幽静。每座山都是禅。

"表面上看，我们在行走，风景静立不动。其实我们都错了，有时候，真正在行走的是风景，不行走的，是我们那颗日渐懒惰的心。"我试图停下来，慢一点，静一点，多享受不一般的风景。

此心安处即吾乡。

山水之间

放荡青山之间，只有安静。

一

丘陵把故乡围了一圈，山外有山，满目尽是翠绿。

晨起择一块平旷的地方，可仰可俯。俯，田野、江海、楼房；仰，山、天、鸟。太阳还不见出来，天光倒已大亮；云霞粉的、黄的，却已糅杂在一起。远山烟光浮动，绿黑杂半，朦胧待太阳唤醒。看见远山的影子，听不见云浮动的声音，清晨的风一个劲儿往我身上扑。我凝视着田野，凝视着远山。这是一个读诗的时节。我愿读着骆一禾的《麦地》，反复吟咏"麦地在山丘下一望无际"；我愿读着艾青的《黎明的通知》，一直等到"白日的先驱，光明的使者"的到来……

近山却已把薄雾冲洗，明晰干净得一尘不染。众鸟在彼此唱和着，穿梭在疏枝密叶之间，翱翔在干净的天空里。昨夜不休的蝉鸣终于止住，或许还在叫着，但恐怕已被鸟鸣湮没；或许是真的静了，毕竟——童话大王郑渊洁说过"早起的虫儿被鸟吃。"再坚硬光滑的巨石，再挺拔苍绿的树，再茂盛的花草，倘若少了鸟叫，就不是座美好的山岚。鸟鸣给山披上了神秘如仙的色彩。林清玄曾认为，思想像"鸢飞于天"的鸢，无不充满生机，生无德教明察。我便翻开《易经》对着山，尝试读懂这本薄薄的古书。我没有阳明先生的阅历和智慧，才疏学浅，什么也悟不明。或许它真如冯友兰先生所言，一本占卜的书罢了？

二

那一座让我魂牵梦萦的大荟山，载录了家乡的所有历史。

这是一座野性的山，一座没有台阶、只有青石的山。

中原王朝看闽越蛮荒之地，就如今天美国看非洲小国一般不入眼。殊不知，闽越自有闽越的文化。

攀上两块岩石，便可见一"佛"字入眼。可叩开的，不是禅学的大门，而是神秘的远古。

阳光稀疏散布在密林中，熟悉的鸟语，如同乡音一般亲切和温暖。走在裸露的岩石上，蜜蜂随时都可能从花丛中扑出来。大概是"高处不胜寒"的原因吧，硬挺的棵棵松树并不高，松子下垂着，在风中轻轻颤抖。足以使人心静。

也许这种云霞缭绕氤氲的山，掩住了它的惊人。母系社会时，这里便有人居住。他们在岩石上刻星星、画北斗。而我，从来没有能在天空中找到北斗星，先人留下的画如此清晰。它长满了青苔，但仍掩不住画迹的清晰。每一个凹入的圆坑、每一条线，都在无声诉说着文明。

抬眼看看这富饶的故乡，是否还存在原始人的后裔？恐怕已为当年唐朝大将陈元光所同化。举目望去，就几个大姓氏家族在此地。

七百多年前，出身弘农杨氏的一代国舅杨亮节已看着大宋江山一点一点地沦落，便起兵抗元，欲挽狂澜于既倒，自临安一路南下，企图保住大宋的国祚。途经此乡，三子杨世隆生病，他便置之于此地。杨世隆居于此山下，闭门读书，便为我祖。而那一代国舅，欲行海上便闻陆秀夫、张士杰、小皇帝、杨淑妃皆在厓山一战跳海自尽，只能愤至金门。

我便向往这厓山，英雄绝唱的厓山。当年读厓山之战，我清晰地记住了一段对话，

张士杰："请您再立一帝！"

杨淑妃："我不忍再看到赵氏皇孙受苦！"

也许是如此，我还能看到赵家堡，寥寥无几的赵氏皇族血脉之一。

坐在山顶追昔，便得感慨不已。"整个中国，不是一家一姓的事。当任何人追溯到自己祖先的时候，总会发现许多可歌可泣的事实，有的显焕一些，有的黯淡一些……"

古人喜欢登顶，我亦然——登顶便能得视野之开阔。

白云便生得如庞然大物，似乎唾手可得。我第一次体验到高楼不过是豆腐块，铁打的豆腐块；车在路上飞驰，如同蚂蚁在细管上爬行。一条贯着全镇的江，仍源源不断奔向海洋。那是故乡赛龙舟的胜地。龙舟在江上激起浪花，鞭炮与浪花共同高呼狂响。龙舟一直划向屈原屿，岛上筑有屈原像。俯视众山，便觉众山甚小。任我如何极目远眺，我还是找不着故乡的海。故乡，如画卷一般展开，铺在大地之上。千言万语却写不尽，千画万画却画不出……

三

夕阳正缓缓开启，云霞烧成赤金，透过密密层层的林，我看到了一炉燃烧的天空。抚摸着发着光亮的青石，岁月和风雨早已无情刻下伤痕，新生的青苔密布，在粗糙里留下些许光滑。黄昏的山很美，不似清晨平地而起的风，而是混杂着松、花草、岩石的气息，飒飒而过。夕阳挣扎着把余晖披在我身上，浑身便都是温暖的气息。

走下山，黄昏已濒临结束。山下有所小庙，尽是金碧辉煌的佛，闪着光亮。

我曾在老家屋顶看这座山。将入夜的黄昏，山顶飘浮霞光，好似一尊佛。夜很快覆盖了这座山，黑得难以辨清。只瞧得它如同一巨人，十分狰狞，已无佛的慈悲，阴森森的，令人肃然起敬。

四

雨便蒙蒙地下了起来。山被雾气笼罩着，鸟鸣凄婉悠长地从雾里传出，雨声渐大淅淅沥沥，便组成一曲熙攘无律的曲子。雨打在岩石上，打在树叶上，一滴滴，滚动的，晶莹的，似有无限的生命力。雨织起了密密的罗网，风击在山的脊梁上。一切都是喧嚣，一切又显得那么安静。面对这山这雨，如同被篷舟吹到三山去，缥缈空虚。

村落的秘密

在乡下，不必用闹钟。夏日的一束束光打进窗来，总会让你以为是起晚了。窗外的啾啾鸟鸣打消了一切睡意。沉思良久，却不知道是被阳光还是鸟鸣叫醒，顿觉人间安好，山河无恙。

暂且把这个谜团搁下，忽然之间有想到乡下走走的欲望，我走到乡下小路上。路边满是竹子，给了我一种"此心安处，即是吾乡"之感。回想过往，却没有一片竹林给我如此之感。遂近观之，阳光透过竹叶，斑斑驳驳。竹子顺势生长，却显得那么野性，自然而又随意，比起那些整齐划一的竹林，它的美在于天然，在于原始，在于你的心。竹林随风而舞，你便似回到楚国，听屈原吟哦湘竹，聚天地之灵气，感天地之神工，把身体交付天地，静静等待下一次起风。

看见田垄我就会莫名欣喜，以前总以为家乡的土地是黄色的，妖艳的花朵和鲜嫩的草扎根在黄沙中。走进田垄，方知土地是红色的。在这广袤的原野上，长满了养育一方的作物。记得小时候拔白萝卜，我总是胡来，即使很小的也要拔出来。那年的萝卜也不是很大，也很丑陋。有时感觉一种力拉着自己，以为可以拔起一根大萝卜，却将杂草连根拔起，长长的胡须似乎在逗弄我，累了，就一屁股坐在地上。静静回望这一切，一头牛在田垄间走过，满脸沧桑的农夫在它身旁。世间是那么寂静，只有心底的美好和牛的叫声。

转身便走到了湖边，草长莺飞，水波不惊。水草正好，"蒹葭苍苍"，凭栏而望，湖光山色，自然天成。湖边人家甚多，略有柳永《望海潮》中之势，不胜美景，便如这湖水潺潺，注入你的心房，迷醉于湖光之间，心灵一下就得到了洗涤，清澈透明。

轻轻问自己，何为此村群的秘密？应该是心。我们的心，已不是原始的那个"人心"，在繁华中逐尽功名，在喧嚣中追求利禄，害怕孤独。即使知道孤独是人生的礼物，这世间又有多少人能按下被腐蚀的心，去寻找宁静的故乡。我们"生死疲劳"时，害怕失败又不断失败时，再回头看看大自然。大自然对所有人都是公平的，多把身心融入，便才是人最真正的成功。"此心光明，亦复何言？"叩开村落的秘密，叩开心灵的大门，一切自然、温暖、没有彷徨，亦无迷惘，只有你和广阔的天地。

自此，成败皆是过往云烟，草木鸡犬，是生命的美好。

窗 外

窗外，斜阳相侵，青山悠远。

靠在窗下，笔走年华。帘子被打开，斜阳便爬满了地板。风轻起，金块似的影子开始摇晃，帘子扫着地板。风拂过我的额头，微痒，舒畅，滑入心田。

已是黄昏。窗外，满山的树，满山的草，满山的鸟，满山的落叶。满山皆绿，满山皆红。

整座山都被生机覆盖了。在这里远眺，看不见任何石头的背影。灰黑已被浓绿遮掩，沧桑已被新生覆盖。东南丘陵天生自有一种曲线美，不似西南高峰的直上直下，不似华山的陡峭险绝。曲中带着陡直，陡中带着弯曲，绵延数十里，如同巨人一般卧在大地上，闲看浮云，只手摘星，尽情享受上天赐予的甘露，沐浴阳光赠送的暖气。

一抬头，即可看见桉树，桉树的枝干是白色的，直挺的，披着一件绿色的军大衣。满树叶子，待风一起，该颤抖的颤抖，该起舞的起舞，该落下的也去寻求生命的归宿。夕阳肆意放纵她最后的影，投下最温柔的眼神。她似乎要烧遍这些树叶，烧遍这座山，传达对人间的留恋，对人间最炽烈的爱。她要把山镀成红色，把树镀成红色，把不眠的草和睡去的花镀成红色，把一只灿烂的蝶镀成红色……清月和云霞，躲在枝叶后，惊奇而安静地看着这块燃烧的红玛瑙。我在窗下，读着汪国真的诗、读着顾城的诗、读着骆一禾的诗，忽觉得窗外弥漫着朦胧，朦胧里能找到一盏灯，而那颤抖的火苗正穿过怀孕的青山……

低头，鸟声此起彼伏，大有"这边唱来那边和"之势。它们从不像青蛙肆意乱叫；它们似乎已经约好，这段词谁来唱，那段曲谁来和，从凌晨唱向黄昏。它们是有灵气的，让你感觉生命永远不会孤单。总以为百鸟齐鸣，一抬头，我只看到一两只在那儿飞着或蹦着；有时还能瞅见一只鸟儿，在阳台走着，缄默着大步流星，它们已经将天下都当成自己的庭院了。歌声里，我似乎嗅出芗剧的气息，那悠远的鸣叫即是唱词，一时杂乱似是争辩，突兀的一鸣似是念白；而那中断的空白，是落幕的安静，是引人回味和遐想的瞬间……

月儿终于入梦，窗外已渐渐模糊。鸟鸣过后应该是蝉唱，夏夜虫多，轻轻拉上帘子，捧一本诗集，倾听蝉如怨的哀诉，倾听诗人如怨的灵魂……

千万年的灵魂

无意与你邂逅，你予我以撞击。

我在看着远方中，我在与故土的土地相拥时，你笑盈盈地站着，等着我。我看见了千万年的灵魂，听见了你的呼声。

你站在一座寺庙旁。

你是一块石头，你也是小丘，一块石头铸成的小丘。

我与你邂逅，摸着你的脸庞，听着你的声音。凹凸的、一个个深深陷入的皱纹，不似木板之光滑，不似荆棘的刺心。我尽力享受、品味，这里藏着万年阳光的温暖，藏着风雨沧桑的无奈。你像一位老人，洋溢着满身的沧桑与温暖，散发着太阳的气息。我躺在你身上，就如同沐浴在阳光里。石头抱住我，从风中走过，时光凝固。我奋然敲击，并无多大声音，轻言细语积淀着深厚，无言中藏着人生的哲思。我仿佛看见远古的荒凉，数百年前的歌声和今日的寂寞，昔日的刀光剑影和今日的悠远宁静。

沿石往上走，一步一个小坎，匍匐向上。几株弱不禁风的草儿在黄沙中立着，被风吹得东倒西歪，再几步，我便到了顶。顶上石缝间有一棵树，清瘦地挺立着，明显的营养不足。它是一把利剑，向上直指青天，向下直插土壤。叶子是稀疏的，在阳光下金光闪闪，多似向往光明的人儿！我惊叹于这棵惊人的树，它瘦骨嶙峋，枝干细且少，好像一阵风就可以夺走它的生命，将它拦腰折断。石头是坚不可摧的，而树木终有它的大去之日，比石头更年轻的躯骨，树木早已伤痕累累。它并没有开花，它的气息是生命不屈中独有的气息。一阵风走过，叶子在轻轻颤抖，它的血液布满全身，顽强地挺立着。树早与石融合在一起。石头唯一裸露的土壤，不知是自然天成，还是被树狠狠顶破。每棵树是否都能突破生命的禁区？每块石头里是藏有树种和土壤吗？土地散发着朴实、忠厚的气息，静观世变，把一生奉献给它头顶的人、动物、植物乃至于天空。我不禁发出感叹，我不只爱这棵树，也爱它坚定的土地，我也更爱它脚下的巨石。

坐在石顶，全身清爽。空气里，从近处带来的浓郁草香，构成奇特的味道，嚼在嘴里如同一剂炖下的药，清香贯穿全身。抚摸着亲吻石头的青苔，也许时日飞逝，年复一年，你是在风雨沧桑中磨炼出来的不屈的人。当风雨来了，你和石共拼搏；阳光来了，一起沐浴温暖。这对天生的伴侣不是为享乐而来到人世，它们抵开风雨，抵开烈日。

不知何时这里被插上了五星红旗，从此这里还有中国魂与之陪伴。

你不再害怕孤单。有树，有草，有青苔，有红旗。它们与你一样，顽强奋发，在风雨血肉之间飞快地生长。有那么多的阻拦，还是挡不住你们在一起的决心。初心不忘，拼搏一生，坚守脚下每一寸土。只要有红旗在的地方，就是中国的土地；只要是石头与树木共存的地方，就是中国的灵魂。

与你解近，让我再次找回了灵魂，那是碰撞中固有的、共有的血脉。这是中国人如巨石、如树木、如青苔、如血液一样的坚固和执着。顽强不是与生俱来的，那必定是风雨的磨炼、岁月的洗刷。

期待下一次的邂逅，等待下一次的撞击。

那些灿烂的光阴

天刚破晓，乡村里的第一缕炊烟，便在朦胧里悄然升起。

沉寂了一夜的鸟儿啾啾鸣叫，花上的露珠滚动着。推着一车菜的农夫吆喝着走上街头。炊烟，打开了新的一天；炊烟，是希望。

在那个还是满村炊烟的日子里，农人早早下了田。纱似的雾霭，荡漾在田中，弥漫在空气中。黛色的山，披斗笠的农人，慢悠悠的牛，构成了一幅质朴的中国山水画。好个"百尺浓纱帐，天地挂轻幡"！向窗外望去，什么都望不见，只有山、人、田的轮廓。

通往那山顶有一条小路。路面有些湿，有些带着露珠的草儿向两边倒去，风掠过林间的声音不绝于耳畔。这是人们踏出的一条路，带着有生俱来的沙土和安宁。一个个杂乱的脚印告诉我们，这里满是人的生机。山不是很高，也不低矮，蜿蜒的小路如同一条长蛇横亘其间。我没有走完这条路，总在炊烟的挥手下，向山头无奈而惋惜地看一眼，轻轻地走了下来。

太阳打破了这些寂静。更多炊烟缠绕、挥手、拥抱、交织着，逐渐消失在天空。吆喝声遍布大街小巷，卖白菜、卖糖葫芦、卖肉包，汽车的轰鸣也就多了起来，摩托像风一般飞驰而过，也有扶着自行车慢慢向前走的人。谈话声也渐渐多了起来。隔壁的一家商店里已经满是顾客，老板的手指灵活地在杆秤上移动着。停在电线杆上的鸟儿像是受了惊吓，拍拍翅膀飞走了。

家乡的江醒了，粼粼波光，掠过一两只海鸟的背影。那背影，是洁白的，好似冬天里北园的雪花。靠在岸边的船只，有的已解开绳索准备就绪，有的还"世事皆与我无关"一般不动声色，有的却已消失在水天交接的地方。

傍晚的炊烟爬上了天空，无声地呼唤着游子和未归的人们。集市里的农人挑起担子，带着笑容或是蹙着眉头数着手里的钱。学生们下了课，背起书包往家中奔去。下班的人们，向着炊烟驶去。

夕阳已经要躲到山后了，晚霞像一炉烧着的火焰。鸟儿正呼唤雏儿归巢，一群海鸥还悠闲走在沙滩上。

船都回来了，江边的渔火都点燃了。这个小集市，顿时充满了卖鱼的吆喝声。若是在冬日，渔火更早亮起，黑暗里几乎看不清任何炊烟。

这是由炊烟构成的村庄的一日。炊烟，就是家乡。"隐隐飞桥隔野烟""暧暧远人村，依依墟里烟"……无论是隐士，或是游子，炊烟都载满了回忆，那么灿烂、明媚。

乡味里的乡愁

都说漳州人恋乡。这或淡或浓的乡愁中，必带着亲切的乡味。

刚从学校回来，爷爷就带了一袋红糖龟粿来看我。那是用青色粽叶垫着，散发着淡淡香气的美食。爷爷说："还不是太凉，快吃吧。"轻轻拿起一块，取下粽叶，咬一口，红糖、面团、芝麻的气味沁入口中，在唇齿中扩散开来。慢悠悠地吃着，颇有"家人闲坐，灯火可亲"的韵味。

家乡人能吃。你往那街头一站，映入眼帘的必然是各种小吃店，香气四溢。卤面、稀粥、沙茶、四果汤，招牌光鲜亮丽，一路走下来便感觉饥肠辘辘。店里陈列着几张待客的桌椅，锅勺撞击的声音，排队人们的交谈声，总是从拥挤的店里飞到空旷的大街上，一股暖流蓦地涌上心头。民以食为天。家乡的餐饮店最多，每走几步就能身处不同的香气中，连鼻子也不能灵敏地反应过来。突然记起《人生一串》中的一句话："没有烟火气，人生就是一段孤独的旅程。"每到夜晚的大街，路灯耀眼，缭绕着热气和烟火。

家乡人会吃。吃，是很讲究的。卤面中的面不要放多，料要多，辅之五香等，不禁令人神往。家乡有种豆仁饼，大约从明清时就流传下来。精细的选材，精致的火候，特殊的制法，让家乡人感到舒适和亲切。相传，这些制法"宁传媳妇不传女儿"。虽有许多都打着"正宗"招牌，唯有这一家生意最为红火热闹。在家乡，豆仁饼就是一种带着乡味的送礼佳品。

家乡人敢吃。家乡多海鲜，有一个村号称"河豚第一村"，盛产河豚，常食河豚。河豚有剧毒，外地人很少去吃。但家乡人对河豚颇有研究，清蒸水煮红烧，无所不能。家乡的老年人大多不识字，但在"河豚"这一美食上，与苏东坡颇有相通之处。"蒌蒿满地芦芽短，正是河豚欲上时"，无论是喜庆大宴或是三五好友小聚，便常能看到河豚的背影。饮几杯酒，吃几口鱼肉，也许是他们最好、最简朴的生活方式。

奇特的地理人文也是让家乡人爱吃的原因。地处东南沿海，绵延东南丘陵，地势较为低平，盛产各种各样的粮食，如海鲜、蜜柚，玉米。将这些山珍海味一拼搭，卤面、猫仔粥等便"应运而生"。传说，有一位官员奉旨要批阅一箱公文，时间紧迫，也顾不上吃饭。他夫人便想出一条妙计，将食物包在薄面团中，春卷就诞生了。家乡人在不断劳动实践中探索创新，让美食飞入了千门万户。

听着熟悉的乡音，我在一家小店坐下，闻见家乡美食的香气，想到余秋雨先生曾说过：只一闪，便觉日月悠长，山河无恙。每个从家乡离开的游子，乡愁中都带有乡味。

第四辑

囚　居

　　手表指向12时，路灯昏黄地打在挖开的公路上，警戒桩孤零排开，满带伤痕的小巷隐约抓住公路。我低头看到电瓶车的电量在颠簸中泛着红光，不太真切的狗吠忽然传来，打破了夜静谧的平衡。环顾四周，一群青年从面馆消瘦的灯光里出来，然后骑着摩托车分头散去，碎石在空中翻身。我摸出手机，打通了小董的电话。

　　将电瓶车停靠在新建的商品房边，房屋表面的淡黄色在夜幕中显得无助可怜。小董是我的邻居，也曾是我的同学，却因为我外出读书和他的辍学打工逐渐少了联系。没想到小董很快就来了，车灯打在扬起的尘土上，刺进我的双眼。上了小董的摩托车——两人心照不宣，子夜的迷雾罩在月亮和我们身上，沉沉地给人荒凉的感觉。

　　直到过了他家，他突然说："其实我认为人生是由两部分构成，那就是住在公路边和住在巷子里。"我惊讶于一个初中未毕业的同龄人竟有超乎我的人生洞见。"其实往后的人生都已被注定，非此即彼，膨胀它所属的片段。"

　　我从他的口气里听出悲观的情绪，但我还是什么都没说。风尴尬地吹过寂寞，多年的好友不必用言语来沟通，我们都听到对方心中波涛汹涌。

　　回到家中，躺在床上，我想到小董对人生简单粗暴的分段，遥远的记忆打开阀门。小时候外公在公路边开了一家宠物店。对我而言，已年代久远，只依稀想起招牌上各式各样的狗以及如同从幽远山谷中传出的狗吠声，和着一股阴雨后泥潭清冷的气息，从站起来的泰迪身上射出，然后抛打在我的身上，模糊了幼年的车水马龙。

　　然后我会去敲小董家的门。那时候小董家的门好气派，正对公路，门上的金箔放出刺眼的光芒，花纹复杂的走向显现出设计的新奇灵巧。长大后我再想了想，可能只是因为他家没被遮挡，一年四季都接受阳光照射。我家三层楼的房子紧挨着小董家五层楼的房子，感觉相形见绌。

　　小董会立刻开门，然后我们再带上附近的小何，兴奋得像小马驹，沿着公路边的人行道狂奔，到外公店里给小狗喂一些狗粮，就一起玩奥特曼。直到晚上，父母下班后，我们缠着父母去百货商场，呆呆地看着"超市"两个字打在地上，颜色不断变换。有一天傍晚我强烈要求住在外公店里，父母拗不过我，在离开超市时分别和小董和小何的父母挥手告别。这天夜里，楼下漆黑得瘆人，我在想狗为什么要狂吠。睡觉时我喜欢将左耳贴在枕头上，抵御远方车辆声音的侵蚀。躺着躺着我睡着了，梦里我独自走进商场，在架子上取下一个装饰美丽的沙漏后，回头却发现自己迷路了，无论怎么走，走到尽头都是一堵森严而冷漠的高墙。我第一次感受到无边的恐惧、无边的荒诞。我轻轻一推，墙一倒下，就又立马复原，手中的沙漏纹丝不动，宣示时间的停止。我转头奔跑，却看见四周的墙向我靠近。梦醒了，一团漆黑，夜给人以静谧的恐惧。

我把这个梦告诉了小董，小董在我本子上写下了"囚"这个字。一个偌大的空间里却困住了一个人。"是不是有点像呢？"他的脸上却是一脸迷惘。我低头想起宠物店里的狗，被关在精美的牢笼里，是否有一个字把"囚"字中的"人"变为"犬"呢？

小董很赞成我的想法。我们年幼时，对"囚"字粗浅而直观的冒犯使得在我的词汇世界里，"囚"字生长出荒诞的意味，和它的本意产生割裂。我直观地发明"囚居"一词，每每抬头，总有四面白壁仁立，居于其中，便有囚困的孤独。

这场年幼时对汉字的冒犯让商场抽象为一个方形的天地，逐渐消失在梦中。后来外公回到乡下创业，遥远的记忆如同海市蜃楼般愈发不真切。只有在发呆时我会隐约想起曾"囚居"在公路边，不禁哑然失笑。上小学后我曾异想天开对小董说人类应该退化，退化到所有人都是竹林七贤。那天语文老师读了一首里尔克的诗，有一句是"此时谁若没有房屋，就不必建筑"。小董对我说，退化后的人类也不会有房屋。

初中毕业后我们分道扬镳。辍学后他外出打工。高二的暑假我和父母一起去北京旅游，迎接我们的是一场朦朦胧胧的小雨。宾馆在胡同里。胡同便是南方的巷子，我突然就想起了小董的"人生分段"理论。夜里听着雨击碎行人脚步的声音，我拿出手机，小何发来一条消息"小董死了"。

四个字，没有任何标点，近乎冷酷的叙述，撕开人生关于巷子的一切。

小董家泛着金光的家门最终被拆去，到最后整栋楼破败如残风中的野花，摇摇欲坠。刚上小学时听说小董父亲把家里的一切都败在赌博上，不得不抛弃妻儿和安定工作，远走他乡做苦力谋生。他们搬进了出租屋，做着底层人的挣扎。

上小学时老屋翻新，父母带我在巷子旁的商品房住下，恰好又成了小董的邻居。我们楼上是一对夫妻，抑或只是男女朋友。凌晨两点桌子挪动的声音在锯我的心脏，吵架声越来越大，啤酒瓶相撞——想象着花花绿绿的碎片作不规则曲线运动，窗棂震颤，然后是匆匆脚步声。我睁大双眼，似乎灯光能从砖缝里漏下。伴有怪异沉闷的哭声，夜把它的魔爪伸向每一个人。

第二天早晨，我注意到小董眼里满是血丝。我认为他也是受楼上邻居的影响，说罢后却看到他脸上一片青一片红。我赶忙转移话题，说我喜欢这里，白天时并没有"囚居"的感觉。他点点头，不说任何话。

当时我以为除了夜里，这个"囚居"的住所也已令人满意。闽南多雨，我实在不喜欢阴湿的天气。小巷是一条水泥路，却被现代交通工具蒙上一层沙土，一下雨便泥泞无比，被水洼割成一个个不规则片段，像一幅春秋混战的地图。我曾自作聪明地借用钱钟书先生的话，"这时候母鸡也带雏鸡蹀步，轿车也须让他三分。不是'七分三分'的三分，而是'天下三分明月夜'的三分。"沿着小巷出去，就是农贸市场，店铺和人一样皱纹累累。那是轻松考高分的时候，那是痴迷《水浒传》的时候，那是可以不带愧疚地想发呆就发呆的时候。

直到那一天，平衡被打破，楼上只剩下一个晚归的醉汉。夜里寂静得瘆人，只有老式钟表上机械的"滴答"声。在几十个24小时前，窗棂震颤，如今三根针指向几乎未变，只剩下单调的平静，似乎在讥笑人世间的混乱。

但是所有人竟在后半夜还是听到了沉闷的哭声。走出家门，我以年轻不怕鬼的勇气向前迈了一步，竟发现汗水已湿透了睡衣。声音断续，我将耳朵靠在小董家剥落了油漆的门上，听见小董和他母亲的哭声，沉重而脆弱，似乎还有小董的父亲的怒骂和皮鞭抽人的声音。原来，他父亲并未远走他乡，只是隐匿起来了。在我印象里，小董的父亲一直是温文尔雅的大才子，教会小董和我下围棋。

于是阴云又填充了我的生活，直到离开这里后也久久没有散去。再回望时，我看不见阳光。小董五年级时就患上了中度抑郁症，他变得内敛寡言，只跟我和小何聊天。

小何的信息里没有讲小董怎么死去的，小董身体不错，一定是非正常死亡。从他初二辍学后除了那个夜晚他用摩托车载我后，我们再没见过面。我想象小董的绝望，却又无法想象，一把利刃从我心头划过。我在小何的聊天框里打满问号和哭脸，尔后又一个一个删去，没有发出。在北京的胡同里，我把错综复杂的过往一一提取，然后又乱成一团麻。百米开外灯红酒绿，这里是繁华遗失的地方，只有雨声打在心坎上。看着四周的白墙，我又想起"囚居"，想起无人的夜里摩托车上的两个少年。小董和我都是自由的，但又被囚困在围城里。我选择接受，他也曾选择接受，但这次他用生命打破了客观的壁垒。

第二天傍晚，我坐在大厦楼顶打通小何的电话。没有人讲话，我们共同感受时间的终止，就像我梦里的那个沙漏。直到小何缓缓开口，说他在杭州。我们对那件事避而不谈。小何问我到过良渚吧，良渚遗址沙土广场感觉怎么样，我说有一种包罗万象的快意，他说其实是浩浩荡荡的压迫感，如果没有烧制的痕迹，很难发现曾有人住在这里。我想到小董家门上褪去了的油漆，千年后考古学家一定不关心小人物的浮沉。是的，这里曾"囚居"过那个时代的人。可是，那又怎样？千年后，人们也是"囚居"在一定空间内，他们熟视无睹。小何沉默半晌，"如果可以，顺路来一趟杭州良渚，你可能会有不同感受"。然后是"嘀嘀"，挂掉电话的声音。

几天后站在良渚大地上，我竟无言。我愿意在这里过完一生，享受"囚居"于天地间的另一番滋味。以前和小董写的大大的"囚"字，在此时实在过于狭窄。试着跳出围墙，从精心修饰的尘世向外看一眼，可能在"囚"字外框里，公路和小巷只是原子甚至是夸克。其实我也不知道，谁不是一直生活在精心修饰的尘世里？我想告诉小董，可是电话不可能再打通。

小何发消息来，说他正在参加小董的葬礼，葬礼很隆重，但没什么人哭泣，所有人都面无表情。我抬头望着反山王陵，良渚先王死后气派地困于方格之中，我既羡慕先民居于天地而自然，又悲叹最后一隅的"囚居"。坟墓以特殊方式贮存了彼岸的人，囚困彼岸的人，却也困住此岸人们对死亡的畏惧。年幼时和小董聊过的那个人类共同居住在草地上的愿望，有多么荒谬，以至于在今天想起我仍会长叹一声。

回到故乡后我找到小何，我们爬上低矮的丘陵，环顾四周群山，晚霞浅浅铺开，故乡的江水汩汩流过，我恍惚间有种错觉，夕阳斜射下有一群西西弗正在推石上山，这块石头是"囚"的异化，给他不确定的喜悦抑或痛苦。小何机械地点头，他从小董出事后就看到人生以其威力无穷的荒诞困住了我们。他告诉我，小董终究没有跨过那道高大的围墙。小何说，这个世界就是无数人孤独生活的地方，"谁此时没有房屋,就不必建造；谁此时孤独,就永远孤独。"我低头，眼泪将要夺眶而出。

下山时晚风含着沙土吹过，我们路过小董的家，那房子在岁月的吹蚀和人心的磨蚀中老去，锈迹斑斑，一只飞蛾在透明的窗户里扑腾，试图挣开这道庞大的枷锁。

枷　锁

　　我要把"家乡"的概念精确到那个村，或者，也可以叫作"枷锁"。

　　学校离"枷锁"几十千米，不算远。独自坐在学校食堂最偏僻的角落，一股叛逆的力量像打碎身旁的窗户，扑向已经机械的心。防疫所需的隔板基本已经阻挡了人与人之间的交流，我自然也失去了看着人发呆的机会。我像一只误入光明的飞蛾，被困在华丽的宫殿里，找不着出去的路，奋力撞击上了窗户。

　　如果说飞蛾有意识，那么离关灯时间越近，它会更卖力地撞击窗户。而我意识到自己的世界越发苍白与空虚时，不得不把思绪跳开。昨晚自习下课后，我独自绕远路。身边宿舍温暖的灯光打在路上，勉强才能看见秋日的草在跳跃。蝈蝈还没睡，一只猫从远处跳出，闪烁的眼睛里有一丝恐惧。这只"枷锁"在远处群山的黑猫和我对视，若无其事向我抬着爪子走来。我知道，它并不怕我。

　　无论是什么生物，也许都想脱离故土，挣开"枷锁"。远方太诱人了，我们一直在逃逸，却没发现我们身上枷锁的印记。

　　对新生事物的陌生感、对成败的落差感，使我越来越感到离开枷锁的必要性。"枷锁"曾在幼年时给我带来的自足、自满，一夜间在竞争的大环境下一扫而光，像晚秋的风爬满了孤独的树，落叶躺在大地上。"枷锁"扼住了我的一切，我试图和身边同学一样，可曾经的所见所闻已经不够了。我在学校里尽一切力来挣脱"枷锁"和它的副产品——自卑、忧虑与无奈。于是，我加快了生活的步伐，愈加愈快。

一条缓缓流动的河流，我很难确信在哪个地方曾看过这条河流。我急匆匆地沿着河岸走，一切都在后退。太快了，总记不得上一个脚印踩在哪丛草里，每一瞬间都在快速遗失。我只好尝试让自己慢下来，试图让记忆多停留一会儿。一阵阵温和的风吹过簇拥在我身边的蒲公英，记忆仍会随风而起，但并没有全部匆匆而去。

行走在河岸，明明一切都是明媚的，我却仍为失去的一切而烦恼。阳光打在我身上，眼睛睁不开了，而我的左右腿机械向前迈着，风挠着我的脸，让我感到些许不适。突然脚下一空，我觉得身体失去了控制，在空气中飘着。我终于睁开双眼，先是一团雾，然后逐渐清晰，细细的水流涌入我的眼帘。我想要大叫，但转瞬即逝的记忆使得我只能不断重复想要呼救的阶段，胸腔中像有一团火，烧得我什么声音也发不出来。那一刹那，我感觉自己就像悲壮的西西弗斯一样。

那一个夜晚，我做了梦中梦。

当年在故乡的巷子里走，好慢，好悠闲。门外的那一条河也自顾自地流淌。记忆里，青石红砖、自由旋转的蝴蝶、安静的兔子，流入我的心房。没有之乎者也的枯燥，没有圆周运动的无奈，只有生命中最淳朴的东西，从未知的远处缓缓吹进我的心田。

很久没读诗了。哪一棵是等你五百年的树，哪一片土地有孕育的颤抖，哪个我也在春天醒来，喂马、劈柴、周游世界？贩卖文字的人是可爱的，而挣脱了家乡后又扑向家乡的我，贩卖的又是什么文字？

我开始享受这种缓慢而不失斗志的生活，我还是会在百忙之中写现代诗，写七律和七古，当写到动情处，笔和思绪会在中途突然停住。我现在坐在学校文学馆的座椅上，阳光爬满了我的后背。手里是一本被岁月侵蚀成淡黄色的北岛的诗选。一只小虫在书页里漫无目的地奔跑，很快就消失在书页之中。那一首首熟悉的诗，我奔向故乡，奔向心灵的家乡。家乡小，小到只有一个村；家乡大，曾养育了我的父辈，也养育了我，是百忙中心灵小憩的地方。北岛的一字诗《生活》："网。"只要解开网，解开一道道枷锁，把生命的本真打开，自然会带来无穷的希望。

不要总是以为你已在楚门的世界之外，那扇门，也许从没打开过。

哦，对了。我早上刚看到那只在宿舍边上遇到的猫，它很好，眼里没有一丝恐惧。

跋 1
——哲理性创作

黄劲煊

作为杨超艺很好的朋友，我想要扼要地谈谈他的文学观念和我在一些创作上的见解。杨超艺曾自号守知文人，我们私下都叫他"守知"，请允许我在下文用"守知"来代替他。

作为中学生，他有比较系统的哲学观，几乎是无思不成文。加缪曾表达过最好的小说家是哲理小说家的看法，这里的"哲理"不为别的，只为人，为每一个生活的人的人生。从近的来看，为自己思考，为自己的活着、吃喝玩乐、喜怒哀乐而发疑；从远的来看，立在人的角度思考，为他人忧虑，为集体照相，与维系着人心的信仰和理想辩论，给存在着的和安息了的众生投以关怀。他试图去表达人类心底共有的孤独，"观乎天文以察时变，观乎人文以化成天下"。有时，他的作品走得更高，尝试站在社会历史的高度。

人道主义几乎是近现代文学和哲学的基点，其核心要义就是关注人的价值和尊严，其根基就是理性。守知对现实进行抽象分析，通过逻辑推断进行哲理性创作。我们会认为这类作品有启发性，带有理性美与文学美的双重性质。有意思的是，近代柏格森提出的直观主义认为直觉比理性更可靠，齐罗克甚至说"直观即表现"。我们该怎样在哲理性创作中看待这样的观点呢？我会将这里的直觉直观视作"印象"，也就是把握作品整体联系，塑造作品的第一图像和总体氛围。直观并不等同于纯粹感性，"抓住象征最可靠的办法，是不要诱发象征，以不协调的意图始解作品，而不要穷究作品的暗流"。在阅读哲理性作品时，理性也常常参与直观，才会出现千人千面的解读。作者的苦心经营要为整体服务，特别是哲理性的创作，一定要切合人道主义的总主题。

他是文科生，广读政治历史哲学。人文知识分子更接近于一个基于理性的精神群体，也必须从实践中来，到实践中去，有更加成熟的理性判断。"守知"这一自号，守知的作品及其抱负，无不体现着一个追问价值意义的人文知识分子应有的公共精神。

"继续闪耀吧，你这疯狂钻石"。

（作者系厦门大学附属实验中学2022级学生）

跋 2

刘郭翔

我和超艺从初一到高一当了四年的舍友，还是邻床，感情自然是不必多说。还记得刚入学那会儿，超艺是一个看起来"内向"的小男孩，浓眉大眼，一嘴标准的"漳浦腔"，不知道为什么就给人一种不好接近的感觉。但没过多久我们就发现，超艺其实是一个很爱表达、头脑很活跃的"思想家"，也因为与一位女明星名字相似而快速和大家拉近了距离。那段时间他在教室和宿舍玩"反差"，给大家带来了很多欢乐。

超艺从刚入学便担任班级的学习委员，后来又兼职任团支书，成绩一直十分稳定，我也很高兴和他做过一段时间同桌，虽说下课大家也爱一起开开玩笑，但一上课他就能够很快进入一种良好的学习状态，全神贯注地投入与老师的互动之中。

其实让我真正喜欢上这位朋友的，是他出类拔萃的精神高度与思想深度。你的身边，是否也有像超艺一样在初中就将"我将无我，不负人民"作为个性签名的朋友；你的身边，是否也有像超艺一样怀着满腔热血想游到海峡对岸解放"当归"岛的朋友；你身边是否也有像超艺一样怀着与他的偶像辛弃疾一样的对国家命运的关切，在追求理想的路上矢志不渝的朋友。我有，感到幸运。

有一次放长假，家长帮忙到宿舍收拾行李，我妈见到了超艺，回家的车上她偷偷跟我说："超艺看起来给人一种很霸气的感觉。"我当时挺想回她一句，你是不知道他平时有多"疯"。以我个人拙见，其实超艺的文章也是如此，以霸气恢宏为底色，但其中又含着一丝柔情，一种让人无法自拔的吸引力。

分班前的最后一晚，也是我们作为舍友的最后一晚，我们在宿舍夜聊，聊熵聊宇宙聊过去聊未来，用过去与未来填满那个依依不舍的当下。有人说，一个人的三观是与周围人相互塑造的，很高兴能与超艺以及另外两位舍友互相陪伴成长路上重要的四年。我还记得分班之后的一天晚上，我在新的宿舍里边写作业边听歌："早知解散后，各自有际遇作导游/奇就奇在接受了各自有路走/却没人像你让我眼泪背着流/严重似情侣讲分手。"那一刹那，我的泪突然就止不住了，把这几句歌词用短信分享给了分散在各个宿舍的前舍友们，超艺也是很快地给我回了一句"唉，好伤心，呜呜"。该说不说，怪可爱的。

祝超艺能永远怀着当初的满腔热血。

(作者系厦门大学附属实验中学2022级学生)

跋 3

吴占锴

很熟的朋友了。

超艺是一个热爱生活的人，他既和所有同学一样在下课时嬉笑打闹、在操场上挥洒汗水，同时又保持着自己的生活节奏。福楼拜居于巴黎乡下时在信中自述整日拼命工作，却每天准时看日出，我想亦乐山上的朝霞也见证了超艺日复一日早起读书的身影。而最难能可贵的是他能闹中取静，极具读书的定力，在纷繁的学业之余仍坚持抽出时间阅读艰深的"大部头"，而这也使他具有远超同龄人的思想深度，使他的文字静水流深，可一读再读。

在超艺的文字中，可见银鞍白马、飒沓如星般的豪情，如《有感》中"激起洪潮擒日月，踏来冷雨满刀弓"，如《鹧鸪天》中叹出"看斥鹢，不曾翔。须眉应负大鹏扬"。这样的词句中，一位满怀壮志、气宇轩昂的少年便跃然纸上。他的诗中亦可见对于历史与现实的冷静观照，如《吊先人诗兼序》中的"从此铜人飞雨泪，于今故国起风思。宋臣愁在浪涛里，拍斥金门能奈谁"，这样的家国情怀在掩卷后仍会触动我们的心灵。

那么在如春雨一般的青年时代，我们为什么需要文学？

"一个人只拥有此生此世是不够的，他还应该拥有诗意的世界。"我觉得文学之于个人的意义就在于我们可以借此超越现实生活的局限。而写作是一种轻盈的体验，我们可以在文学中短暂地享受一种与生活的剥离感，用第三人称的视角来审视自己的生活，在这样的时刻我们既是景物，又是目光，我们可以直面自己的内心，让生活中的种种模糊之处变得清晰，从而获得宁静的喜悦。文学并不意味着消除现实生活的不完美，而是使我们具有直面不完美的勇气。

在少年的生活中，文学就像夜空中的一颗星，它以闪耀的光辉凝视着大地上的每一位仰望者，让我们明白尽管我们只是人群中的几十亿分之一，但我们不必渺小，可以用思想构建自己的王国；让我们明白即使不可避免地被裹挟在现实的洪流之中，但抬起头也依然可以借着文字的坐标系看到更广阔的世界。

我们都曾是仰望星空的人，在这本书中，超艺已经用他的文字给更多的人带来了感动或深思。他在《自勉》中写下"作论每求苍庶盛，著书不为稻粱谋。"这也是他的写照，相信未来他能成为文学漫天星斗中闪耀的一颗。

（作者系厦门大学附属实验中学2022级学生）

后　记

　　一时语塞，胸中纵有千言万语，一时不知从何落笔！

　　归根结底一句话：没有厦大附中、没有我的故乡、没有亲人朋友，就没有今天的我，也就没有呈现在大家面前的这本书。

　　厦大附中书库、阅览室和文学馆里丰富的藏书曾经滋润了无数生命里的瞬间，我在这里邂逅了刘小枫和尼采，邂逅了陆游和李商隐，邂逅了马克思，邂逅了余华，这些和大师之间粗浅的对话带领我走进了哲学的殿堂，走进文学的殿堂。哲学是迷宫里的满天星斗，文学是杨柳在河里的倒影。哲学是我们看世界的路，文学是社会的侧面反映，为社会写照。

　　在厦大附中，我得到了许多老师、学长、学姐的指导，遇到了许多可以推心置腹的好友。我记得刚进入中学时，邬双老师给我们放的第一部电影是《楚门的世界》，在她的带领下我们用孩童的眼光观看世界，用笔写下现代诗和散文。我的学长李昱圻、沈孙霖等，是我古诗词创作的引路人；我和舍友郭翔、震岳、诚泽曾一同度过无数令人泪落的瞬间；还有无数在我成长过程中曾写下美好篇章的师长朋友，每每念及，都有一股股暖流经过我的内心。

　　我的父母在我成长过程也给予了鼎力相助，无论是小时候的《唐诗三百首》《三国演义》，还是早早地选择外出求学，到了高二时候选择了文科，他们都在背后默默付出、默默支持。我感恩他们没有顺从世俗的观点，而是给了我自由肆意生长的广阔空间。

当然，漳浦这块热土也给予了我强大的力量。我总是会念想明史里的黄道周，会登上故乡的山上去寻找商周古代遗迹，常常心慕"闽南井冈山"——车本村。我会对着清澈的天空发呆，山给了我坚韧的底色，水则给我流向远方的梦想。故乡是我的精神家园，在人群中待久了，智力就会迟钝；只有回到山水之中，才能明白为什么古人总在山洞里读书，在山上吟诗作赋。

让我怎样感谢你，当我走向你的时候。我原想亲吻一朵雪花，你却给了我银色的世界。

这本书在很多地方有失偏颇，水平尚不足，愿诸君不吝赐教，他日定以佳作共飨诸君。